primo

EDGAR WALLACE

Der Hexer

Kriminalroman

Aus dem Englischen von
Gregor Müller

primo

Die Originalausgabe erschien 1925 unter dem Titel
The Ringer
bei Hodder & Stoughton, London

Umwelthinweis:
Alle bedruckten Materialien dieses Taschenbuches
sind chlorfrei und umweltschonend.
Das Papier enthält Recycling-Anteile.

Ungekürzte Neuausgabe 1997
Made in Germany

Primo ist ein Unternehmen des Goldmann Verlags, München
Umschlagentwurf: S/L-Kommunikation
Umschlagfoto: Bildagentur Schuster/Liaison
Druck: Elsnerdruck, Berlin
Verlagsnummer: 55117
AB · Herstellung: Schröder
ISBN 3-442-55117-X

I

Der Kommissar drückte auf den Klingelknopf und befahl der Ordonnanz, die wenig später eintrat:

»Bitten Sie Inspektor Wembury, zu mir zu kommen!«

Der Kommissar ordnete die Dokumente, in denen er gelesen hatte, und legte sie in eine Mappe.

Alan Wembury, ein Mann Anfang Dreißig und von sportlicher Erscheinung, trat ein. Er hatte nicht nur seine Laufbahn als Kriminalbeamter erfolgversprechend begonnen, sondern es während des Krieges auch zum Major gebracht.

»Guten Morgen, Wembury!«

»Guten Morgen, Sir.«

»Ich habe Sie zu mir gebeten, weil ich Ihnen eine angenehme Mitteilung zu machen habe«, begann der Kommissar, der eine aufrichtige Freundschaft für seinen Untergebenen empfand. Mit einladender Handbewegung wies er auf einen Stuhl. »Sie sind zum Bezirksinspektor befördert worden und übernehmen am Montag in acht Tagen den R-Bezirk.«

Alans Augen leuchteten auf.

»Das kommt sehr überraschend, Sir«, erwiderte er, »und ist eine Auszeichnung – aber ich glaube doch, daß andere vor mir . . .«

Oberst Walford schüttelte den Kopf.

»Nein, keineswegs – vielmehr freue ich mich für Sie. Es sind überhaupt bedeutende Veränderungen im Gange. Bliss, der bei der Gesandtschaft in Washington arbeitete, kehrt zurück. Sie kennen ihn doch?«

Alan hatte zwar von dem gefürchteten Bliss gehört, wußte aber nur, daß er ein fähiger Polizeibeamter war und beinahe von jedem Mann in Scotland Yard sehr ungern gesehen wurde.

»Der R-Bezirk ist nicht mehr so aufregend wie in früheren Jahren«, versicherte der Kommissar zwinkernd. »Aber Sie sollten sich darüber freuen!«

»War er wirklich so aufregend?« fragte Alan, der Deptford nur flüchtig kannte.

Oberst Walford nickte.

»Ich denke natürlich an den ›Hexer‹ – den Bericht über seinen

Tod habe ich oft angezweifelt. Die australische Polizei behauptete, seine Leiche aus dem Hafen von Sydney gefischt zu haben.«

»Der Hexer!« sagte Alan Wembury langsam.

Wer hatte von ihm, dessen Taten einst ganz London erschreckten, nicht schon gehört?

»Obwohl der Hexer nicht mehr in Ihrem Bezirk haust«, setzte Oberst Walford hinzu, »möchte ich Sie doch vor einem Mann in Deptford warnen. Es ist . . .«

»Maurice Messer!« unterbrach ihn Alan.

Der Kommissar hob erstaunt die Augenbrauen.

»Kennen Sie ihn? Als Rechtsanwalt? Ich wußte nicht, daß er so bekannt ist.«

Alan Wembury zögerte ein wenig.

»Ich kenne ihn nur als Anwalt der Familie Lenley.«

»Lenley? Meinen Sie etwa den alten George Lenley in Hertford, der vor einigen Monaten gestorben ist?«

»Ja.«

»Ach! Wir waren oft zusammen auf der Jagd. Einer jener alten englischen Landherren – tüchtige Reiter und Trinker . . . Man hat mir erzählt, daß er vermögenslos starb. Hatte er Kinder?«

»Zwei, Sir.«

»Und Messer ist ihr Anwalt?« Der Kommissar lachte kurz auf. »Man hat sie schlecht beraten!« Er überlegte einen Moment und sagte unerwartet: »Messer kannte den Hexer.«

Wemburys Augen wurden groß vor Erstaunen.

»Den Hexer?« wiederholte er.

»Ich weiß nicht, wie gut er ihn kannte, doch glaube ich, zu gut, um, wenn er noch am Leben sein sollte, Ruhe finden zu können. Der Hexer hatte seine Schwester Gwenda Milton in Messers Obhut zurückgelassen. Vor sechs Monaten wurde ihr Leichnam aus der Themse gezogen.«

Alan erinnerte sich des unglücklichen Vorfalls.

»Sie war Messers Sekretärin«, berichtete Walford weiter. »Wenn Sie dieser Tage einmal Zeit haben, gehen Sie ins Aktenzimmer hinauf – vieles wurde bei den gerichtlichen Verhandlungen nicht erwähnt.«

»Über Messer?«

Oberst Walford nickte.

»Wenn der Hexer tot ist, hat es nichts weiter zu bedeuten, aber wenn er noch lebt ...« Er zuckte mit den breiten Schultern und schaute Alan bedeutungsvoll an. »Wenn er lebt, dann weiß ich, daß es ihn nach Deptford und zu Messer zurückzieht. Doch – lesen Sie die Akten! Sie werden sehen ...« Mit einer Handbewegung gab der Kommissar zu verstehen, daß er über den Hexer nicht mehr sprechen wollte. »Am Montag in acht Tagen treten Sie Ihren neuen Dienst an. Haben Sie vielleicht Lust, sich schon vorher mit der Arbeit im neuen Bezirk vertraut zu machen?«

Alan zögerte.

»Wenn möglich, Sir, möchte ich eine Woche Urlaub nehmen.«

»Urlaub? Aber selbstverständlich. Wollen Sie die gute Botschaft Ihrem Mädchen verkünden?« Walford zwinkerte gutmütig.

»Nein, Sir.« Alan wurde verlegen und ein wenig rot. »Ich möchte einer Dame von meiner Beförderung erzählen. Es ist – Miss Mary Lenley.«

»Oh, Sie kennen also Miss Lenley so gut?«

»Nicht so, Sir«, wehrte Wembury ab, »sie ist mir nur immer eine gute Freundin gewesen. Mein Leben begann in einem Häuschen auf dem Gut der Lenleys. Mein Vater war Obergärtner bei Mr. Lenley, ich kenne die Familie, soweit ich zurückdenken kann.«

»Nehmen Sie Ihren Urlaub, mein Junge, und gehen Sie, wohin Sie wollen! Wenn Miss Mary so weise wie schön ist – ich habe sie als Kind in Erinnerung –, so wird sie vergessen, daß sie eine Lenley von Lenley Court und Sie ein Wembury aus dem Gärtnerhäuschen sind! In unserem demokratischen Zeitalter ist der Mann, was er selbst ist, nicht, was sein Vater war. Ich hoffe, Sie werden sich nie unterschätzen, Wembury!«

2

Als Alan vom Bahnhof her das Dorf erreichte, sah er hinter den hohen Pappeln das Herrenhaus von Lenley Court aufleuchten.

Der kahlköpfige Wirt des Gasthauses ›Zum Roten Löwen‹ kam ihm, ein Lachen auf dem roten Gesicht, entgegen.

»Ich freue mich, Sie wiederzusehen, Alan!« rief er. »Wir haben von Ihrer Beförderung gehört und sind stolz auf Sie. Nächstens werden Sie Polizeipräsident sein! Gehen Sie zum Herrenhaus hinauf, zu Miss Mary?« Der Wirt schüttelte den Kopf. »Dort steht es sehr schlecht. Man sagt, daß von dem ganzen Vermögen nichts übrigbleibt. Für Mr. Johnny mag es noch angehen, er ist ein Mann und müßte sich in der Welt zurechtfinden können – wenn er nur einen besseren Weg eingeschlagen hätte...«

»Wie meinen Sie das?« fragte Alan.

Der Wirt schien sich plötzlich zu erinnern, daß er mit einem Kriminalbeamten sprach, und wurde zurückhaltender.

»Nun, man erzählt, daß er zum Teufel geht. Sie wissen ja, wie die Leute reden. Aber etwas Wahres muß doch daran sein. Der junge Mann kann die Armut nicht ertragen.«

»Warum bleiben sie denn auf Lenley Court, wenn es so schlecht steht? Der Unterhalt muß ja eine Menge kosten. Warum verkauft Johnny nicht?«

»Verkaufen!« spottete der Wirt. »Es ist bis zum letzten Blättchen auf dem höchsten Baumwipfel mit Hypotheken belastet! Soviel ich gehört habe, bleiben die Lenleys hier, bis ihr Londoner Rechtsanwalt die Erbschaftsangelegenheit geregelt hat, und wollen nächste Woche nach London ziehen.«

Der Londoner Rechtsanwalt! Das mußte Maurice Messer sein. Alans Stirn legte sich in Falten. Es reizte ihn, den Mann kennenzulernen, über den so viele seltsame Gerüchte umliefen. Man flüsterte sich in Scotland Yard Dinge über Maurice Messer zu, die, wenn sie laut gesagt worden wären, Verleumdungs- oder Beleidigungsklagen hätten zur Folge haben können.

»Wollen Sie mir ein Zimmer reservieren, Mr. Griggs? Der Dienstmann wird mein Gepäck vom Bahnhof bringen. Ich will zuerst zum Herrenhaus hinauf.«

Als er den breiten, von Eichen beschatteten Fahrweg entlangging, stieß er überall auf Anzeichen der Armut und Verwahrlosung. Auf dem kiesbestreuten Weg wuchs Gras; die wunderschönen Eibenhecken des Tudorgartens waren von ungeübter Hand zurechtgestutzt worden; der Rasen vor dem Haus sah ungepflegt aus. Das Herrenhaus selbst bot einen Anblick allgemeiner Vernachlässigung, der ihn schmerzte. Die Fenster waren schmutzig, viele Scheiben zerbrochen.

Als er sich dem Haus näherte, sah er Mary durch den Säulengang gehen. Sie erkannte ihn und kam rasch auf ihn zu.

»Alan!«

Er faßte nach ihren Händen und blickte in Marys bleiches Gesicht. Zwölf Monate hatte er sie nicht gesehen! Ihre zarte Schönheit rührte ihn.

»Ich freue mich, Sie zu sehen, Alan!« rief sie, und ihre melancholischen Augen leuchteten auf. »Sie bringen Neuigkeiten! Wir haben es schon in der Morgenzeitung gelesen – Sie müssen jetzt alles ganz genau erzählen!«

»Es gibt nicht viel zu erzählen, und so welterschütternd ist meine Beförderung auch nicht. Zudem sind bessere Männer übergangen worden; ich weiß nicht, soll ich mich freuen oder nicht?«

»Unsinn!« widersprach sie. »Sie sind befördert worden, weil Sie es verdient haben.«

Sie ergriff seinen Arm, wie sie es in Kindertagen getan hatte, als er noch der schüchterne Knabe, der Sohn des Gärtners und ihr Spielgefährte gewesen war, der ihren Drachen steigen ließ und ihr den Ball zuwarf, wenn sie den viel zu großen Kricketschläger schwang.

Beunruhigt stellte sie fest, daß Alan mit prüfenden Blicken das Haus betrachtete.

»Armer alter Lenley Court!« sagte sie ernst. »Haben Sie es schon gehört, Alan? Nächste Woche verlassen wir unser Haus.« Sie seufzte. »Man darf nicht darüber nachdenken! Johnny will eine Wohnung in der Stadt nehmen, und Maurice hat mir Arbeit versprochen.«

»Arbeit?« fragte Alan erstaunt. »Sie wollen damit doch nicht sagen, daß Sie Ihren Lebensunterhalt verdienen müssen?«

Sie lachte.

»Aber selbstverständlich, mein lieber Alan! Ich bin dabei, in die Geheimnisse der Stenographie und des Maschinenschreibens einzudringen. Ich soll Sekretärin von Maurice werden.«

Messers Sekretärin! Das kam ihm bekannt vor. Walfords Worte klangen ihm noch in den Ohren. Er dachte an jene andere Sekretärin, deren Leichnam man an einem nebligen Morgen aus dem Wasser gezogen hatte.

»Warum sind Sie so ernst, Alan? Gefällt Ihnen der Gedanke nicht, daß ich meinen Lebensunterhalt verdienen werde?«

»Nein«, antwortete er kurz. »Es wird doch etwas aus dem Zusammenbruch gerettet werden können?«

Sie schüttelte den Kopf.

»Nichts – überhaupt nichts! Von meinem mütterlichen Erbe beziehe ich ein kleines Einkommen, das mich vor dem Verhungern schützt. Und dann ist Johnny auch ganz tüchtig. Er hat in der letzten Zeit viel Geld verdient. Das klingt doch seltsam. Niemand hätte gedacht, daß ein guter Kaufmann aus ihm wird. Und doch – er hofft, in wenigen Jahren Lenley Court zurückkaufen zu können.«

Es klang mutig, aber Alan ließ sich nicht täuschen.

3

Alan fiel auf, daß Mary über seine Schulter hinwegschaute, und als er sich umdrehte, sah er zwei Männer auf sie zukommen. Der ältere von beiden – Alan zweifelte nicht, Mr. Messer vor sich zu haben – war auf herkömmliche, von erfolgreichen Rechtsanwälten seit jeher bevorzugte Art gekleidet. Der langschößige Gehrock saß tadellos. In der schwarzen Krawatte steckte ein schimmernder Opal. Er trug einen Zylinder und gelbe, einwandfreie Handschuhe. Seine Gestalt war schlank, das Gesicht mager, mit beinahe gelblichem Teint. Er hatte etwas Aristokratisches in seinem Wesen. ›Er sieht aus wie ein Herzog, spricht wie ein spanischer Edelmann und denkt wie ein Teufel!‹ war nicht das Abträglichste, was je über Messer gesagt worden war.

Johnny Lenley begleitete ihn. Er war nicht viel älter als zwanzig Jahre. Auf den Besucher blickend, zog er die Augenbrauen zusammen.

»Hallo!« rief er unfreundlich und wandte sich an Messer. »Sie kennen doch Wembury, Maurice? Er ist Oberwachtmeister oder etwas Ähnliches bei der Polizei.«

»Bezirkskriminalinspektor«, verbesserte Messer lächelnd und streckte seine lange, schmale Hand aus. »Wie ich gehört habe, kommen Sie in meine Nachbarschaft – zum Schrecken meiner Klienten!«

Johnny Lenley hatte Alan schon als Knabe nicht leiden können, und jedesmal, wenn er ihn traf, flackerte sein Groll von neuem auf.

»Was führt Sie nach Lenley?« fragte er verdrießlich. »Haben Sie denn noch Verwandte hier?«

»Ich habe wenig Freunde hier«, antwortete Alan zurückhaltend.

»Selbstverständlich hat er«, warf Mary ein. »Und dann ist er auch gekommen, um mich zu besuchen, nicht wahr, Alan? Es tut mir leid, daß wir Sie nicht bitten können, bei uns zu wohnen, aber es sind so gut wie keine Möbel übriggeblieben.«

»Es ist nicht nötig, unsere Armut im ganzen Land zu verkünden!« rief Johnny Lenley schroff. »Ich glaube kaum, daß Wembury sich für unser Mißgeschick interessiert, und wenn ...«

»Das Mißgeschick auf Lenley Court ist der Öffentlichkeit bekannt, mein lieber Johnny«, unterbrach ihn Messer besänftigend. »Seien Sie doch nicht unnötig empfindlich! Ich meinerseits freue mich, Gelegenheit zu haben, einen so ausgezeichneten Kriminalbeamten wie Alan Wembury kennenzulernen. Augenblicklich werden Sie Ihren Bezirk sehr ruhig finden, Mr. Wembury. Es gibt nicht mehr die Aufregungen wie zur Zeit, als ich von Lincoln's Inn Fields nach Deptford zog.«

»Sie meinen, daß der Hexer Sie nicht mehr belästigt?«

Alans Frage klang ganz harmlos, um so bemerkenswerter aber war die Veränderung, die in Messers Gesicht vor sich ging. Seine Augen blinzelten plötzlich, als wenn sie in grelles Licht geblickt hätten. Der Mund wurde zu einer geraden, harten Linie.

»Der Hexer! Eine alte Geschichte! Der arme Teufel ist tot! Tot – in Australien ertrunken!«

Mary schaute ihn verwundert an.

»Wer ist der Hexer?« fragte sie.

»Niemand, den Sie kennen – und auch niemand, den Sie kennen sollten«, erwiderte Messer brüsk. Schon wieder lächelnd setzte er hinzu: »Wir sollten in Gesellschaft einer jungen Dame nicht fachsimpeln. Ich meine, wir sollten uns wirklich nicht über das Verbrechertum unterhalten.«

»Ich wünschte, Sie fänden einen anderen Gesprächsstoff!« brummte Johnny Lenley. Er wollte sich schon umdrehen, als Messer den Inspektor fragte: »Sie sind doch jetzt im Westend-Bezirk, Wembury? Welches war Ihr letzter Fall? Ich kann mich nicht erinnern, Ihren Namen in der Zeitung gelesen zu haben.«

Alan verzog das Gesicht.

»Wir verkünden unsere Fehlschläge nicht! Meine letzten Nachforschungen galten der Perlenkette, die Lady Darnleigh in der Park Lane gestohlen wurde, als sie den großen Botschafterball gab.«

Während er sprach, schaute er Mary an. Er bemerkte deshalb nicht, wie Johnny Lenley einen unwillkürlichen Ausruf unterdrückte, noch sah er den schnellen, warnenden Blick, den Messer dem jungen Mann zuwarf. Es entstand eine kurze Pause.

»Lady Darnleigh?« fragte Messer gedehnt. »O ja, ich erinnere mich ... Waren Sie nicht auch auf jenem Ball, Johnny?« Er blickte Johnny an, der ärgerlich die Achseln zuckte.

»Selbstverständlich war ich dort – doch habe ich erst lange nachher von der Sache gehört. Habt ihr eigentlich keine anderen Gesprächsthemen als Verbrechen, Diebstähle und Morde?«

Er drehte sich um und ging langsam über den Rasen. Mary schaute ihm besorgt nach.

»Ich möchte wissen, was Johnny in den letzten Tagen so mürrisch macht. Wissen Sie es, Maurice?«

Maurice Messer betrachtete die glimmende Zigarette in seiner Bernsteinspitze.

»Johnny ist jung, und dann dürfen Sie nicht vergessen, meine Liebe, daß er in der letzten Zeit viel Aufregung hatte.«

»Ich auch«, erwiderte sie ruhig. »Oder glauben Sie, daß es für mich nichts zu bedeuten hat, Lenley Court zu verlassen?« Für einen Augenblick zitterte ihre Stimme, doch bezwang sie sich und lächelte. »Ich werde pathetisch. Wenn ich mich nicht zusammennehme, werde ich noch an Alans Schulter weinen. Kommen Sie, Alan, schauen Sie sich den alten Rosengarten an! Vielleicht sehen wir ihn zum letztenmal.«

4

Johnny Lenley schaute ihnen aus einiger Entfernung nach. Sein Gesicht war blaß.

»Was führt diesen Kerl hierher?« fragte er.

Maurice Messer, der ihm gefolgt war, sah ihn seltsam an.

»Mein lieber Johnny, Sie sind noch jung und sehr unreif. Sie haben die Erziehung eines Gentlemans genossen, Sie benehmen sich aber wie ein Bauer!«

»Was erwarten Sie denn von mir? Soll ich ihm herzlich die Hand drücken und ihn auf Lenley Court willkommen heißen? Der Kerl stammt aus der Gosse, sein Vater war unser Gärtner . . .«

»Sie sind sehr eingebildet, Johnny! Das schadet nichts – nur sollten Sie lernen, Ihre Gefühle zu verbergen.«

»Ich sage, was ich meine«, erklärte Johnny eigensinnig.

»Das tut auch der Hund, wenn man ihm auf den Schwanz tritt – Sie Esel!« fuhr ihn Maurice mit unerwarteter Heftigkeit an. »Sie Idiot! Bei der Erwähnung der Darnleigh-Perlen hätten Sie sich beinahe selbst verraten. Waren Sie sich im klaren darüber, mit wem Sie sprachen, wer Sie höchstwahrscheinlich beobachtete? Der hartgesottenste Beamte der Kriminalabteilung! Der Mann, der Hersey faßte, der Gostein an den Galgen brachte, der die Flackbande auflöste!«

»Er hat nichts gemerkt«, sagte Johnny verdrießlich und versuchte dem Gespräch eine andere Wendung zu geben. »Haben Sie wegen der Perlen Bericht erhalten? Sind sie verkauft?«

»Glauben Sie wirklich, daß man Perlen im Werte von fünfzehntausend Pfund in einer Woche verkaufen kann? Was stellen Sie sich eigentlich vor – etwa, daß man sie zur Versteigerung bei Christie gibt?«

»Jedenfalls«, meinte Johnny kleinlaut, »ist es seltsam, daß Wembury damit beauftragt wurde. Offenbar hat man die Hoffnung aufgegeben, den Dieb noch zu erwischen. Und was die alte Lady Darnleigh betrifft, so hat sie keinen Verdacht ...«

»Seien Sie nicht allzu sicher!« warnte Messer. »Jeder Gast, der in jener Nacht in dem Hause war, ist verdächtig, Sie mehr als jeder andere, da jedermann weiß, daß Sie arm sind. Außerdem hat Sie ein Diener gesehen, als Sie kurz vor Ihrem Weggang die Haupttreppe hinaufgingen.«

»Ich sagte ihm doch, daß ich nur meinen Mantel holen wolle. Warum haben Sie vor Wembury erwähnt, daß ich dort war?«

»Weil er es wußte.« Maurice lachte. »Aber ich will Sie beruhigen. Die Person, die man augenblicklich verdächtigt, ist Lady Darnleighs Kellermeister. Glauben Sie aber ja nicht, daß alles vorbei ist – dies ist nicht der Fall. Die Polizei ist noch viel zu aktiv in der Sache, als daß wir daran denken könnten, die Perlen loszuwerden. Wir müssen eine günstige Gelegenheit abwarten, um sie in Antwerpen unterzubringen.«

Er zog ein goldenes Etui hervor, suchte geziert eine Zigarette aus und zündete sie an. Johnny beobachtete ihn gespannt.

»Wenn die Wahrheit über die Perlen herauskommen sollte ... Ich meine – Sie sind sich doch im klaren, daß auch für Sie Zuchthaus in Aussicht steht?«

Messer stieß einen Rauchring in die Luft.

»Ich bin mir vollständig im klaren, daß für Sie, mein lieber Freund, Zuchthaus in Aussicht stünde. Mich mit in die Sache hineinzuziehen, dürfte dagegen ziemlich schwer sein. Wenn Sie den Räuberbaron spielen wollen – so ist dies Ihr Vergnügen, es wird auch Ihr Leichenbegängnis sein. Ich kannte Ihren Vater, ich kenne Sie von Kindheit an, deshalb nehme ich einiges in Kauf – möglich auch, daß ich Geschmack am Abenteuerlichen finde ...«

»Blödsinn!« unterbrach ihn Johnny Lenley grob. »Sie kennen jeden Dieb in London und sind ein Hehler.«

»Gebrauchen Sie dieses Wort nicht!« wies ihn Messer schroff

zurecht. »Wie ich Ihnen schon gesagt habe, sind Sie noch sehr unreif. Habe ich den Diebstahl von Lady Darnleighs Perlen angestiftet? Habe ich Ihnen in den Kopf gesetzt, daß Diebstahl mehr abwirft als Arbeit, daß Ihre Erziehung und die Beziehungen zu den besten Familien Ihnen Gelegenheiten geben, die jedem anderen – Dieb versagt bleiben?«

Dieses Wort reizte Johnny Lenley genauso wie das Wort ›Hehler‹ den Anwalt.

»Wir sitzen im gleichen Boot«, lenkte er ein. »Sie könnten mich nicht verraten, ohne sich selbst zu ruinieren. Ich behaupte nicht, daß Sie irgend etwas angestiftet haben, doch haben Sie sich des Falles kräftig angenommen. Passen Sie auf, ich mache eines Tages noch einen reichen Mann aus Ihnen!«

Messer drehte sich langsam Johnny zu. Bei jeder anderen Gelegenheit hätte er über die gönnerhafte Sprache des jungen Mannes gelacht, jetzt aber ärgerte er sich.

»Mein lieber Freund«, erwiderte er steif, »Sie sind etwas zu zuversichtlich. Raub, ob nun mit oder ohne Gewalt, ist nicht so einfach, wie Sie es sich vorstellen. Sie glauben, daß Sie . . .«

»Ich bin etwas tüchtiger als Wembury«, unterbrach ihn Johnny selbstzufrieden.

Maurice Messer unterdrückte ein Lächeln.

5

Mary hatte ihren Gast nicht in den Rosengarten, sondern in den Park zu den sonderbaren, verwitterten Steinfiguren geführt. Dort gab es einen kleinen Tisch und eine Marmorbank. Mary setzte sich und bat auch Alan, Platz zu nehmen.

»Ich möchte Ihnen etwas sagen, Alan«, begann sie. »Ich spreche jetzt zu Alan Wembury, nicht zum Inspektor Wembury –«

»Aber selbstverständlich . . .« Er stockte. Beinahe hätte er sie mit dem Vornamen angesprochen. »Ich habe nicht den Mut, Sie Mary zu nennen, obschon ich mich alt genug dazu fühle!«

»Tun Sie es doch! ›Miss Mary‹ klingt so schrecklich unnatürlich, und wenn es von Ihnen kommt, wird es geradezu unfreundlich.«

»Was gibt es also?« fragte er und setzte sich neben sie. Sie zögerte einen Augenblick.

»Johnny spricht in mancher Beziehung so seltsam«, berichtete sie dann. »Es ist schwierig, Alan, so etwas zu sagen, aber manchmal scheint er den Unterschied zwischen mein und dein vergessen zu haben. Oft denke ich, daß er nur aus Eigensinn so redet, doch dann fühle ich wieder, daß er es wirklich ernst meint. Auch über unseren armen Vater spricht er sehr abfällig. Das kann ich nur schwer verzeihen. Vater war sehr leichtsinnig und verschwenderisch, aber er ist Johnny und mir ein guter Vater gewesen.« Ihre Stimme zitterte ein wenig.

»Was meinen Sie damit, wenn Sie sagen, daß er in mancher Beziehung seltsam spricht?«

Sie schüttelte den Kopf.

»Das ist nicht das einzige – er hat auch so eigenartige Bekannte. Vorige Woche war ein Mann hier, ich habe ihn nur gesehen, nicht gesprochen, Hackitt hieß er. Kennen Sie ihn?«

»Hackitt? Sam Hackitt?« fragte Wembury erstaunt. »Aber selbstverständlich, Sam und ich sind alte Bekannte!«

»Was ist er?«

»Einbrecher!« antwortete Alan ruhig. »Wahrscheinlich interessierte sich Johnny für ihn und ließ ihn kommen . . .«

»Nein, nein, das war es nicht.« Sie biß sich auf die Lippen. »Johnny hat mich angelogen. Er sagte, daß der Mann Handwerker sei und nach Australien fahren wolle. Sind Sie sicher, daß es der gleiche Hackitt ist?«

Alan gab eine knappe, eindrückliche Beschreibung des Mannes.

»Das ist er!« Sie nickte. »Alan, glauben Sie, daß Johnny – schlecht ist?«

»Natürlich nicht!«

»Aber seine eigenartigen Freunde?«

Diese Gelegenheit durfte er nicht ungenützt vorbeigehen lassen.

»Ich fürchte, Mary, daß sie bald eine ganze Menge Leute wie Hackitt und noch schlimmere treffen werden.«

»Warum?« fragte sie erstaunt.

»Sie beabsichtigen, Messers Sekretärin zu werden – Mary, ich wünschte, Sie würden nicht hingehen.«

»Warum, in aller Welt, Alan? Ich verstehe allerdings, was Sie meinen. Maurice hat eine große Zahl solcher Klienten, und ich werde sicher mit ihnen zusammenkommen, aber ich habe doch nur geschäftlich mit ihnen zu tun.«

»Wegen der Klienten bin ich nicht besorgt«, antwortete Alan ruhig. »Besorgt bin ich wegen – Maurice Messer.«

»Besorgt wegen Maurice?« Sie traute ihren Ohren nicht. »Aber Maurice ist doch ein so lieber Mann! Er ist die Freundlichkeit selbst zu Johnny und mir gewesen, und wir kennen ihn unser ganzes Leben lang.«

»Ich kenne Sie auch so lange, Mary . . .«

»Aber«, unterbrach sie ihn, »sagen Sie mir, warum? Was könnten Sie gegen Maurice haben?«

Einer so direkten Frage gegenübergestellt, fühlte sich Alan unsicher. Freimütig erklärte er:

»Ich weiß nur, was Scotland Yard gegen ihn hat.«

Sie lachte heiter.

»Weil er es fertigbringt, diese armen, elenden Verbrecher vor dem Gefängnis zu bewahren! Das ist Berufsneid. O Alan«, neckte sie ihn, »das hätte ich nicht von Ihnen gedacht!«

Es wäre zwecklos gewesen, wenn er die Warnung wiederholt hätte. Eine Beruhigung hatte er: Wenn sie bei Messer arbeitete, würde sie auch in seinem Bezirk wohnen.

6

Maurice Messer blieb, von einer Eibenhecke halb verdeckt, stehen und beobachtete die beiden. Die Schönheit Mary Lenleys war ihm nie vorher aufgefallen. Es bedurfte offensichtlich der Bewunderung eines Polizeibeamten, um sein Interesse an dem Mädchen zu wecken, das er, einem später bereuten Impuls folgend, anzustellen versprochen hatte. Bewundernd verfolgte er ihre

Bewegungen, während sie mit Alan Wembury sprach. Er befeuchtete seine trockenen Lippen. Merkwürdig, daß er blind gewesen war gegen eine so reizvolle Erscheinung wie Mary Lenley. Er liebte blonde Frauen. Gwenda Milton war blond gewesen. Ein naives Mädchen, das langweilig wurde und in einer Tragödie endete. Ihn fröstelte bei dem Gedanken an den trüben Tag der gerichtlichen Vernehmung, als er vor dem Zeugentisch gestanden und gelogen hatte.

Als Mary den Kopf wandte, entdeckte sie ihn und winkte.

»Wo ist Johnny?« rief sie ihm zu.

»Johnny schmollt. Fragen Sie mich aber nicht, warum, denn ich weiß es nicht. Störe ich eine vertrauliche Unterredung?«

Er fragte sich, worüber sie gesprochen haben konnten. Hatte sie Alan Wembury mitgeteilt, daß sie nach Deptford zu kommen beabsichtigte? Früher oder später würde sie es ihm doch sagen, darum war es besser, dies gleich selbst zu tun.

»Wissen Sie schon, daß Miss Lenley mich beehren will, meine Sekretärin zu werden?«

»Ich hörte es.« Alan schaute dem Rechtsanwalt fest in die Augen. »Ich habe Miss Lenley soeben gesagt, daß sie in meinem Bezirk wohnen wird – unter meiner Obhut sozusagen . . .«

Warnung und Drohung klangen aus diesen Worten. Messer war zu klug, um es zu überhören. Alan Wembury spielte sich als Beschützer des Mädchens auf! Vor einer Stunde noch hätte ihn die Bemerkung belustigt. Doch jetzt . . .

Er schaute Mary an. Wie blaß schimmerte ihre zarte Haut! Wie reizvoll waren die dunkelgrauen Augen mit den langen Wimpern!

»Das ist sehr interessant!« Seine Stimme klang heiser, er räusperte sich. »Sehr interessant. Ist es eine der Pflichten Ihres Amtes?«

Messers Spott wirkte verkrampft.

»Die Pflichten des Polizeibeamten«, entgegnete Alan, »werden durch die Inschrift über dem Old Bailey, unserem ehrwürdigen Gerichtsgebäude, ziemlich genau beschrieben.«

»Und was besagt sie?« fragte Messer. »Ich habe mir nie die Mühe genommen, sie zu lesen.«

»Beschützt die Kinder der Armen und bestraft die Übeltäter!« zitierte Wembury ernst.

»Ein edles Wort!« stimmte Maurice zu. »Entschuldigen Sie, das muß für mich sein . . .« Schnell ging er einem Telegrafenboten entgegen, der durch den Garten kam.

»Ist Maurice auf Sie böse?« fragte Mary.

Alan lachte.

»Jeder wird früher oder später auf mich böse.«

Halb belustigt, halb ernst sagte sie: »Ich glaube, ich werde nie mit Ihnen böse sein, Alan! Sie sind der netteste Mann, den ich kenne.«

Sie sahen Maurice mit dem ungeöffneten Telegramm in der Hand zurückkommen.

»Für Sie!« rief er heiter. »Wie interessant, eine so wichtige Persönlichkeit zu sein, daß man das Amt nicht für fünf Minuten verlassen kann, ohne telegrafisch zurückgerufen zu werden!«

»Für mich?« Alan runzelte die Stirn und nahm das Telegramm in Empfang.

Freunde hatte er wenig, und daß das Amt seinen Urlaub kürzte, war nicht anzunehmen.

Er öffnete das Telegramm und las:

›Sehr eilig. Kommen Sie sofort zurück, melden Sie sich bei Scotland Yard. Halten Sie sich bereit, Ihren Bezirk morgen früh zu übernehmen. Australische Polizei meldet: Hexer verließ vor vier Monaten Sydney. Es wird angenommen, daß er jetzt in London ist.‹

Walford hatte das Telegramm aufgegeben.

»Ist etwas nicht in Ordnung?« Mary betrachtete Alan mit besorgtem Gesicht.

Er schüttelte langsam den Kopf.

Der Hexer war in England. Arthur Milton, der schonungslose Mörder seiner Feinde, schlau, verwegen, furchtlos.

In Gedanken war Wembury bereits in Scotland Yard, im Büro des Kommissars.

Gwenda Milton – tot, ertrunken, eine Selbstmörderin! Trug Maurice Messer die Verantwortung dafür? Wehe Maurice Messer, wenn dem so war, wenn sie auf seinem Gewissen lastete!

7

›Hexer‹ – das Volk hatte ihm diesen Namen gegeben. Er änderte seine Verkleidungen und Masken so oft, daß die Polizei noch nie in der Lage war, eine Beschreibung seiner Person in Umlauf zu setzen. Er war ein Meister der Verkleidung.

Es konnte nur einen Grund für ihn geben, nach London zurückzukehren: Rache an Maurice Messer zu nehmen, dem er seine Schwester anvertraut hatte.

In welchem Winkel der Riesenstadt würde er untertauchen? Für Wembury gab es nur eine Antwort: Deptford – der Stadtteil, den der Hexer kannte wie seine eigene Tasche, in dem der Mann wohnte, den er suchte.

Deptford: Wembury erschrak. Mary Lenley begann ihre Tätigkeit in Messers Büro – und Gefahr für den Anwalt bedeutete auch Gefahr für Mary.

»Sie haben mein Telegramm erhalten?« fragte Walford, als Alan bei ihm eintrat. »Es tut mir leid, daß ich Ihren Urlaub unterbrechen mußte, aber ich möchte, daß Sie Ihr Amt in Deptford sofort übernehmen, damit Sie möglichst schnell mit Ihrem neuen Bezirk vertraut werden.«

»Der Hexer ist also zurück, Sir?«

»Warum er zurückkam, und wo er steckt, weiß ich nicht. Ein direkter Bericht über ihn liegt eigentlich nicht vor, wir nehmen nur an, daß er zurückgekehrt ist.«

Walford nahm ein Telegramm aus dem Korb auf seinem Tisch. »Der Hexer hat eine Frau. Nur wenige wissen es. Er hat sie vor ein oder zwei Jahren in Kanada geheiratet. Nach seinem Verschwinden verließ auch sie das Land, man folgte ihr bis nach Australien. Dies konnte nur eines bedeuten: Der Hexer war dort! Jetzt hat sie Australien verlassen und kommt morgen früh in England an.«

»Ich verstehe. Das bedeutet also, daß der Hexer entweder schon in England oder jedenfalls auf dem Weg hierher ist?«

»Sie haben doch mit niemand darüber gesprochen?« fragte der Kommissar rasch. »Sagten Sie nicht, daß Messer in Lenley Court war? Sie haben ihm gegenüber nichts erwähnt?«

»Nein, Sir!« antwortete Alan. »Eigentlich bedauere ich es. Ich hätte gern die Wirkung auf ihn beobachtet!«

»Der Hexer ist das Lieblingsgespenst Londons«, stellte Oberst Walford mit Besorgnis fest. »Auch nur bei der leisesten Andeutung, daß er nach London zurückgekehrt sein könnte, würden sich sämtliche Zeitungsmenschen der Fleet Street auf mich stürzen. Er brachte uns mehr Fehlschläge als jeder andere Verbrecher auf unseren Listen! Die Nachricht, daß er sich frei in London bewegt, wird einen Sturm entfachen, der nicht mehr aufzuhalten ist!«

»Glauben Sie, daß der Fall über meine Kräfte geht?« fragte Alan.

»Nein«, versicherte Walford entschieden. »Ich setze große Hoffnungen auf Sie – auf Sie und Dr. Lomond. Haben Sie übrigens Dr. Lomond kennengelernt?«

»Nein, wer ist das?«

Oberst Walford griff nach einem Buch, das auf dem Tisch lag.

»Er hat, vor vierzehn Jahren, das einzige Buch über Verbrecher geschrieben, das sich zu lesen lohnt. Er war jahrelang in Indien und Tibet. Der Unterstaatssekretär kann froh sein, daß Lomond das Amt annahm.«

»Welches Amt, Sir?«

»Das Amt des Polizeiarztes des R-Bezirks – also Ihres Bezirkes.«

»Eigentlich merkwürdig, daß der Mann einen so untergeordneten Posten annimmt«, meinte er schließlich.

Walford lachte leise.

»Er hat sein Leben lang nichts anderes getan. Wollen Sie seine Bekanntschaft machen? Er ist im Hause.« Er drückte auf den Klingelknopf und gab dem eintretenden Beamten Anweisung.

»Wird er uns helfen, den Hexer zu fassen?« fragte Alan lächelnd.

Die Antwort erstaunte ihn.

»Ich habe das Gefühl«, stimmte der Kommissar zu.

Die Tür öffnete sich, eine große, gebeugte Gestalt trat ein. Alan schätzte den Mann auf etwas über Fünfzig. Das Haar war ergraut, über dem Mund hing ein kleiner Schnurrbart, der Anzug saß schlecht. Flinke, blaue Augen schauten Alan freundlich an.

»Darf ich Sie mit Inspektor Wembury bekannt machen, der Ihrem Bezirk vorstehen wird!« stellte Walford vor.

Wemburys Hand wurde kräftig gedrückt.

»Haben Sie einige interessante Exemplare in Deptford, Inspektor?« fragte Dr. Lomond im reinsten schottischen Dialekt. »Ich möchte gern einige Köpfe vermessen.«

Alan lachte. »Deptford ist mir noch so fremd wie Ihnen. Ich bin seit dem Krieg nicht mehr dort gewesen.«

Der Arzt kratzte sich das Kinn, den Blick fest auf Wembury gerichtet.

»Ich glaube nicht, daß sie so interessant wie die Lelos sein werden. Das ist eine wunderbare Rasse, mit einer seltsamen Kopfform und eigenartiger Entwicklung des Scheitelbeines ...« Er sprach schnell, mit Begeisterung, es schien sein Lieblingsthema zu sein.

Während der Arzt seine Theorie über die Abstammung eines seltsamen tibetanischen Stammes erklärte, verschwand Alan geräuschlos aus dem Zimmer. Eine Stunde später traf er Walford, der gerade aus seinem Büro trat.

»Ja – ich bin den Doktor losgeworden!« Der Oberst lachte. »Er ist zu gescheit, als daß man ihn einen langweiligen Menschen nennen könnte. Dennoch hat er mir Kopfschmerzen gemacht!« Unvermittelt fuhr er fort: »Übertragen Sie Burton die Perlensache – ich meine die Darnleigh-Perlen. Einen neuen Anhaltspunkt haben Sie nicht gefunden?«

»Nein, Sir.«

Der Kommissar runzelte die Stirn.

»Da Sie eben erst von Lenley Court kamen, fiel mir ein, daß der junge Lenley am Abend des Diebstahls auf dem Ball der Lady Darnleigh war.« Als er den Ausdruck in Alans Gesicht bemerkte, fügte Walford schnell hinzu: »Ich will damit selbstverständlich nicht sagen, daß er etwas mit der Sache zu tun hat, aber es ist doch ein eigenartiger Zufall. Ich möchte gern, daß wir diesen Fall bald erledigen, denn Lady Darnleigh hat mehr Freunde in Whitehall, als mir lieb ist. Jeden zweiten Tag erhalte ich einen Brief des Innenministers, worin er sich nach dem Stand der Ermittlungen erkundigt.«

Alan Wembury verließ den Kommissar mit unguten Gefühlen. Er hatte gewußt, daß Johnny an jenem Abend auf dem Ball bei Lady Darnleigh gewesen war, doch der Gedanke, ihn mit dem rätselhaften Perlendiebstahl in Verbindung zu bringen, wäre ihm nie gekommen. Er rief sich nochmals die allzu kurze Unterhaltung mit Mary ins Gedächtnis zurück.

Warum in aller Welt sollte Johnny ... Und doch – die Lenleys waren ruiniert, und Mary war sichtlich nervös gewesen.

Unsinn! dachte Alan, als sich ihm ein häßlicher Gedanke aufdrängte. Unsinn! – Am nächsten Morgen übergab er die Akten in der Perlensache Inspektor Burton und verließ Scotland Yard mit sozusagen erleichtertem Gefühl.

Sein neuer Bezirk nahm ihn in der folgenden Woche sehr in Anspruch. Mary schrieb ihm nicht, wie er erwartet hatte. Er wußte nicht, daß sie bereits in London war, bis sie ihm eines Tages aus einem vorbeifahrenden Taxi zuwinkte. Er beauftragte einen Untergebenen, festzustellen, wo sie und Johnny wohnten, und erfuhr, daß sie sich in der Nähe der Malpas Road in einem modernen Häuserblock niedergelassen hatten, der hauptsächlich von Handwerkern bewohnt wurde.

8

»Heute morgen habe ich deinen ›Polypen‹ gesehen«, verkündete Johnny schnoddrig, als er zum Lunch erschien.

»Meinen was?« Mary schaute ihn mit großen Augen an.

»Wembury«, erklärte Johnny. »Wir nennen diese Leute so.«

»Wir?« wiederholte sie. »Du meinst doch, ›man‹ nennt sie so, Johnny?«

Dies schien ihn zu amüsieren. Er setzte sich an den Tisch.

»Mach dich nicht lächerlich, Mary! ›Wir‹ oder ›man‹ macht doch keinen Unterschied. Im Grunde sind alle Diebe, der Kaufmann im Rolls-Royce und der Arbeiter in der Straßenbahn – jeder will den andern übers Ohr hauen.«

»Wo hast du Alan gesehen?«

»Warum, zum Kuckuck, nennst du ihn beim Vornamen?« fuhr er sie an. »Der Mann ist Polizist, du aber tust, als ob er auf der gleichen gesellschaftlichen Stufe mit dir stünde.«

Mary schnitt das Brot. Lächelnd erwiderte sie:

»Unser Nachbar hier auf dem Stock ist Schlosser, und über uns wohnt ein Bahnarbeiter mit seiner Familie.«

Gereizt schob Johnny den Stuhl zurück.

»Diese Wohnung ist für uns nur ein vorübergehender Notbehelf. Du glaubst doch nicht etwa, daß ich mein Leben in diesem finsteren Loch zubringen will? Einmal werde ich Lenley Court zurückkaufen.«

»Womit, Johnny?« fragte sie ruhig.

»Mit dem Geld, das ich verdiene – übrigens, Wembury ist nicht der Mann, mit dem du verkehren solltest. Ich habe heute morgen mit Maurice über ihn gesprochen, er ist auch der Meinung, daß wir diese Bekanntschaft aufgeben sollten.«

»Wirklich?« Marys Stimme klang kalt. »Maurice ist auch dieser Meinung – das ist sehr eigenartig.«

Er schaute sie mißtrauisch an.

»Wieso eigenartig? Jedenfalls wünsche ich den Verkehr mit ihm nicht, und . . .«

Sie war aufgestanden, stützte sich mit beiden Händen auf den Tisch.

»Und ich«, unterbrach sie ihn, »lasse mir darüber keine Vorschriften machen. Es tut mir leid, wenn du und Maurice dies nicht billigen, aber ich habe Alan gern.«

»Ich hatte meinen Kammerdiener auch gern«, spöttelte er, »trotzdem habe ich ihn entlassen.«

»Alan Wembury ist nicht dein Diener, Johnny! Du magst meinen Geschmack nicht billigen, aber Alan ist ein Gentleman. Hast du das nicht schon längst bemerkt? Solche Menschen findet man heutzutage nicht zu oft.«

Johnny hielt es für richtiger, darauf nur mit einem Achselzucken zu reagieren.

9

Am nächsten Morgen begann Mary ihr neues Leben. Der Gedanke an die Zusammenarbeit mit Maurice Messer beunruhigte sie jetzt doch ein wenig. Ein unbestimmtes Gefühl, über das sie sich nicht klar wurde, bedrückte sie.

Mr. Messers Haus unterschied sich angenehm von den überaus häßlichen und schmutzigen der Nachbarschaft. Es stand etwas von der Straße abgerückt. Die hohe Mauer, die es umgab, wurde nur durch die Einfahrt unterbrochen. In dem kleinen Herrenhaus im viktorianischen Stil waren Wohnung und Rechtsanwaltsbüro untergebracht.

Eine alte Frau führte Mary die abgenutzte Treppe hinauf, öffnete die schwere, verzierte Türe und ließ sie eintreten. Der Raum sah vernachlässigt aus, wirkte jedoch ziemlich freundlich. In den Bildern an den Wänden erkannte sie Werke bekannter alter Meister. Am meisten interessierte sie aber ein großer Flügel, der in einem Alkoven stand. Sie betrachtete ihn erstaunt und fragte die Frau:

»Spielt Mr. Messer Klavier?«

»Er? Und ob!« Die Frau lachte.

Neben diesem Zimmer befand sich ein kleiner Vorraum ohne Türen, der, wie es schien, als Büro benützt wurde. Regale zogen sich an den Wänden entlang, und auf einem kleinen Tischchen stand eine verdeckte Schreibmaschine.

Mary hatte kaum Zeit, sich richtig umzuschauen, als überraschend Maurice Messer eintrat. Er kam schnell auf sie zu und nahm ihre beiden Hände in die seinen.

»Meine liebe Mary«, rief er überschwenglich, »das ist wunderbar!«

»Ich mache keinen Anstandsbesuch Maurice!« erwiderte sie irritiert. »Ich bin gekommen, um zu arbeiten!«

Sie entzog ihm ihre Hände, denn sie erinnerte sich nicht, je auf so vertrautem Fuß mit ihm gestanden zu haben.

»Meine liebe Mary, es gibt genug Arbeit - Urkunden, Zeugenaussagen . . .« Er sah sich suchend um. »Können Sie Schreibmaschine schreiben?«

Er erwartete eigentlich, daß sie verneinen würde, um so erstaunter war er, als sie antwortete:

»Aber natürlich! Mein Vater schenkte mir schon eine Schreibmaschine, als ich zwölf Jahre alt war.«

Messer hatte weder gewünscht noch erwartet, daß Mary sein Angebot ernst nehmen würde – bis zu dem Tag in Lenley Court, als er sie plötzlich mit anderen Augen sah und bemerkte, daß das unbeholfene Kind sich zu einem begehrenswerten Geschöpf entwickelt hatte.

»Warten Sie, ich will Ihnen eine eidliche Aussage zum Abschreiben geben.« Er suchte fieberhaft unter den Papieren auf seinem Schreibtisch. Es dauerte lange, bis er auf ein Dokument stieß, das ihm harmlos genug für sie schien. Seine Klienten waren meistens sehr ungewöhnlicher Art, und es bereitete ihm einiges Kopfzerbrechen, was von seiner zweifelhaften Korrespondenz er ihr anvertrauen sollte. Erst als er das Schriftstück ganz durchgelesen hatte, übergab er es ihr.

»Nun, Mary, werden Sie sich hier wohl fühlen?«

»Ich denke es. Es ist sehr nett, für jemand zu arbeiten, den man schon so lange kennt – und Johnny ist ja auch in der Nähe.«

Messers Augenlider senkten sich für einen Augenblick.

»Oh!« stieß er leise aus und sah an ihr vorbei. »Er wird Sie doch nicht etwa während der Bürostunden besuchen?«

Sie spürte den Sarkasmus in seinem Ton nicht.

Er ließ die Augen nicht mehr von ihr. Er fand sie noch schöner als vor ein paar Tagen. Sie war der zierliche Typ, den er liebte, dunkler als Gwenda Milton, und feiner. Aus ihren Augen sprachen Seele, Geist, unerweckte Leidenschaft, ein verborgenes Feuer, das angefacht werden mußte.

Sie wurde unter seinem Blick verlegen.

»Ich will Ihnen jetzt das Haus zeigen«, erklärte er lebhaft.

Vor einer Tür im obersten Stock zögerte er, zog aber nach kurzer Überlegung einen Schlüssel hervor und öffnete.

Mary sah an ihm vorbei und erblickte ein Zimmer, wie sie es in diesem alten Haus nicht erwartet hätte. Zwar bedeckten dicke Staubschichten alle Gegenstände, aber es war ein wunderschöner Raum, Wohn- und Schlafzimmer in einem, mit einem Luxus ausgestattet, der in Erstaunen setzte. Die französischen Stilmöbel, der dicke Teppich, die silbernen Wandleuchter und geschmackvolle Bilder offenbarten einen verschwenderischen Aufwand.

»Ist das ein hübsches Zimmer!« rief Mary, als sie ihre Verblüffung etwas überwunden hatte.

»Ja – sehr hübsch.« Messer starrte düster in das Nest, das Gwenda Milton bis zu ihrem tragischen Ende bewohnt hatte. »Ist es nicht besser als Malpas Mansions, wie?« Seine gerunzelte Stirn glättete sich. »Es muß nur etwas gereinigt und Staub gewischt werden, und schon ist es für eine Prinzessin bereit! – Ich werde Ihnen das Zimmer zur Verfügung stellen, meine Liebe ...«

»Mir – zur Verfügung stellen?« Sie starrte ihn an. »Das ist unmöglich, Maurice, ich lebe mit Johnny zusammen, könnte also gar nicht hier wohnen.«

Er zuckte die Achseln.

»Johnny? Ja. Aber eines Abends könnte es hier einmal spät werden – oder Johnny könnte fort sein. Ich wage nicht, daran zu denken, daß Sie dann allein in jener elenden Wohnung hausen müßten.« Er verschloß die Tür wieder. »Natürlich ist dies eine Angelegenheit, die Sie allein entscheiden müssen«, meinte er leichthin. »Das Zimmer ist da - wenn Sie es einmal brauchen sollten.«

Sie antwortete nicht. Dieser Raum war schon bewohnt gewesen, das stand fest, und zwar von einer Frau. Für einen Mann paßte die Einrichtung kaum. Mary fühlte sich etwas unbehaglich; denn über Maurice Messers Privatleben wußte sie nichts. Sie erinnerte sich undeutlich, daß Johnny eine gewisse Episode aus Messers Leben erwähnt hatte, auf die sie jedoch nicht neugierig gewesen war.

Gwenda Milton!

Plötzlich fiel ihr dieser Name ein. Sie erschrak. Gwenda Milton, die Schwester eines Verbrechers! Sie erschauerte, als ihre Gedanken zu dem prächtigen Zimmer zurückkehrten, das vom Geist einer toten Liebe bewohnt wurde. Mary saß an ihrem Arbeitstisch, und es war ihr, als starrte ein todblasses, angstverzerrtes Gesicht sie an.

10

Am Nachmittag des gleichen Tages landete die ›Olympic‹ im Hafen von Southampton. Die beiden Männer von Scotland Yard, die sich seit Cherbourg auf dem Schiff befanden und jeden Passagier genau beobachtet hatten, verließen es als erste. Sie stellten sich am Ende der Landungsbrücke auf. Es dauerte lange, bis die Prüfung der Pässe in Gang kam, doch endlich entstand Bewegung, und die Passagiere stiegen einzeln zum Kai hinunter.

Einem der Detektive fiel ein Gesicht auf, das er auf dem Schiff nicht gesehen hatte. Am Schiffsgeländer erschien ein Mann mittlerer Größe, ziemlich schlank, mit kleinem Spitzbart und schwarzem Schnurrbart. Langsam kam er näher.

Die Detektive warfen sich einen Blick zu. Als der Passagier den Kai erreichte, trat der eine Beamte an ihn heran.

»Bitte, verzeihen Sie, ich habe Sie auf dem Schiff nicht gesehen.«

Der Mann mit dem Spitzbart musterte ihn kühl.

»Machen Sie mich etwa für Ihre Blindheit verantwortlich?« fragte er.

»Kann ich Ihren Paß sehen?«

Der Passagier zögerte erst, dann griff er in die innere Rocktasche und zog ein Lederetui heraus, dem er eine Karte entnahm. Der Detektiv las:

Hauptinspektor Bliss
Kriminalabteilung Scotland Yard
Gesandtschaftsattaché in Washington

»Ich bitte um Verzeihung.« Der Beamte gab die Karte zurück. »Ich habe Sie nicht erkannt, Mr. Bliss. Sie hatten keinen Bart, als Sie Scotland Yard verließen.«

Bliss nahm die Karte zurück, steckte sie wieder in das Etui und wandte sich mit einem Kopfnicken ab.

Er trug sein Gepäck nicht ins Zollamt hinein, sondern stellte es kurz davor auf den Boden. Mit dem Rücken zum Gebäude blieb er stehen und beobachtete die eintreffenden Passagiere. Endlich sah er die Frau, die er suchte.

Sie war schlank, gut gekleidet, vielleicht etwas zu gut; an der weißen Hand funkelten Brillanten, und zwei Steine glitzerten an den kleinen Ohren. Modern, lebenslustig, gescheit, furchtlos, erfahren und vielgereist – dies war der erste Eindruck, den Inspektor Bliss von ihr gewonnen hatte. Und er mußte dieses Urteil nie korrigieren. Diese Frau ließ sich durch nichts verblüffen.

Sie war in Cherbourg an Bord gekommen – ein Zufall, daß sie auf dem gleichen Schiff wie er nach England reiste. Er folgte ihr ins Zollamt und beobachtete, wie sie sich einen Weg durch das angehäufte Gepäck bahnte, bis sie zum Buchstaben ›M‹ gelangte. Seine eigenen Zollformalitäten waren schnell beendet. Er übergab seine Handtasche einem Gepäckträger, den er beauftragte, einen Platz im wartenden Zug zu belegen. Darauf drängte er sich durch die Menge der Passagiere weiter, bis zu der Stelle, wo die Frau gerade einem Zollbeamten ihr Gepäck zeigte.

Als ob sie seinen Blick spürte, schaute sie zweimal über die Schulter zurück. Beim zweitenmal trafen sich ihre Augen. In den ihren glaubte er Verwunderung – oder war es Besorgnis? – zu erkennen.

»Mrs. Milton, wenn ich mich nicht irre?« fragte Bliss.

Wieder dieser Blick. Ohne Zweifel war es Furcht, die er ausdrückte.

»Dies ist mein Name.« Sie sprach langgezogen und hatte einen südlich-sanften, gebildeten Akzent. »Aber ich weiß nicht, mit wem ich spreche!«

»Mein Name ist Bliss. Hauptinspektor Bliss von Scotland Yard.«

Anscheinend sagte ihr der Name nichts, doch als er seinen Beruf nannte, wich die Farbe aus ihren Wangen, kehrte aber sofort zurück.

»Das ist sehr interessant! Und was kann ich für Sie tun – Hauptinspektor Bliss von Scotland Yard?«

»Ich möchte, bitte, Ihren Paß sehen.«

Wortlos holte sie das Dokument aus ihrer kleinen Handtasche und händigte es ihm aus. Er blätterte schweigend darin und sah sich die Stempel der Einschiffungshäfen an.

»Sie sind erst kürzlich in England gewesen?«

»Allerdings! Ich war vorige Woche hier, mußte aber eilig nach

Paris fahren. Den Rückweg nahm ich über Cherbourg ...« Sie blickte ihn plötzlich scharf an. »Bliss?« fragte sie gedankenvoll. »Ich erinnere mich nicht, und doch ist mir, als hätte ich Sie schon irgendwo getroffen.«

Er schaute sich immer noch die Stempel an.

»Sydney, Genua, Domodossola - Sie reisen viel, Mrs. Milton, aber nicht so schnell wie Ihr Mann ...«

Die Andeutung eines Lächelns flog über ihr Gesicht.

»Nein«, sprach Bliss weiter, »ich will nichts von Ihnen, aber ich hoffe in den nächsten Tagen Ihren Mann zu treffen.«

Ihre Augen schlossen sich ein wenig.

»Hoffen Sie, auch in den Himmel zu kommen?« fragte sie spöttisch. »Ich dachte, Sie wüßten, daß Arthur tot ist!«

Er verzog die Lippen.

»Der Himmel ist nicht der Ort, an dem ich ihn treffen könnte!« Er gab ihr den Paß zurück, drehte sich um und ging weiter.

Sie blickte ihm nach, bis er verschwunden war, dann wandte sie sich mit einem Seufzer dem Zollbeamten zu.

Bliss! Die Häfen wurden also beobachtet.

Hatte der Hexer England erreicht? Cora Ann Milton liebte ihren verwegenen Mann, der nur tötete, weil er sich rächen oder weil er strafen wollte. Er war jetzt Ismael, ein Wanderer auf der Erde, gegen den sich die Hände aller Männer erhoben, dessen Fährte Hunderte von Polizisten folgten.

Langsam ging sie den Bahnsteig entlang, unauffällig durch die Wagenfenster spähend. Endlich entdeckte sie Bliss. Er saß auf einem Eckplatz und schien in die Morgenzeitung vertieft.

Wo hatte sie ihn schon gesehen? Warum erfüllte sein Anblick sie mit Furcht? Die sorgenvollen Gedanken verließen sie bis London nicht.

II

Als Johnny Lenley am selben Nachmittag bei Messer vorsprach, war ihm der Anblick seiner Schwester an der Schreibmaschine sehr peinlich. Es machte ihm die Armut, in die die Lenleys gesunken waren, erst richtig bewußt. Sie lächelte ihm unsicher zu.

Sie wies auf das kleine Zimmer, in dem Messer die vertraulichen Besprechungen mit seinen ungewöhnlichen Klienten abzuhalten pflegte.

Johnny blickte sie einen Augenblick schweigend an. Nur schwer konnte er ertragen, sie so, als Angestellte, zu sehen. Er preßte die Lippen zusammen und klopfte an die Tür zu Messers Privatbüro.

»Wer ist da?« rief es von innen.

Johnny drückte auf die Klinke, die Tür war verschlossen. Er hörte, wie der Geldschrank geschlossen, der Türriegel zurückgeschoben wurde. Die Tür sprang auf.

»Um was für ein Geheimnis geht's hier?« murrte Johnny, als er eintrat.

»Ich habe«, erwiderte Messer, »gerade einige interessante Perlen untersucht. Und daß man nicht gleich die allgemeine Aufmerksamkeit auf Diebesgut lenken will, ist doch selbstverständlich!«

»Wie ist es denn – haben Sie ein Angebot dafür erhalten?« fragte Johnny.

»Ich will die Perlen heute abend noch nach Antwerpen schicken«, sagte er.

Er schloß den Geldschrank auf, der in einer Ecke des Zimmers stand, entnahm ihm eine flache Schachtel und öffnete den Deckel. Eine wunderbare Perlenkette kam zum Vorschein.

»Die hat einen Wert von mindestens zwanzigtausend Pfund!« protzte Johnny, und seine Augen leuchteten auf.

»Das sind mindestens fünf Jahre Zuchthaus!« setzte Messer ungerührt hinzu. »Offen gestanden, Johnny, die Geschichte gefällt mir nicht.«

»Warum? Niemand würde vermuten, daß Mr. Messer, der berühmte Rechtsanwalt, bei den Perlen der Lady Darnleigh den

Hehler macht.« Er mußte lachen. »Zum Teufel! Maurice, Sie würden eine seltsame Gestalt auf der Anklagebank des Old Bailey abgeben. Können Sie sich vorstellen, mit welchem Genuß die Zeitungen die Sensation der Verhaftung und Verurteilung von Mr. Messer, früher in Lincoln's Inn Fields, jetzt Flanders Lane in Deptford, berichten würden?«

Messers Gesicht blieb unbewegt, nur die Augen funkelten böse.

»Sehr interessant. Ich hätte Ihnen soviel Einbildungskraft nie zugetraut.« Er hob die Perlen ans Licht und betrachtete sie nochmals, dann schob er den Deckel auf die Schachtel. »Haben Sie mit Mary gesprochen?« fragte er leichthin.

»Es ist scheußlich, sie arbeiten zu sehen, aber es läßt sich vorerst nicht ändern. – Maurice, ich ...«

»Ja?«

»Ich habe mir manches überlegt. Sie hatten früher in Ihrem Büro ein Mädchen namens Gwenda Milton?«

»Und?«

»Sie hat sich doch ertränkt? Wissen Sie vielleicht, warum?«

Maurice Messer sah ihm voll ins Gesicht. Auch nicht das Zukken eines Augenlides verriet die Wut, die in ihm aufstieg.

»Das Gericht sagte ...«, begann er.

»Ich weiß, was das Gericht sagte«, unterbrach ihn Johnny grob, »doch habe ich darüber meine eigene Ansicht.« Mit Nachdruck fuhr er fort: »Mary Lenley ist nicht Gwenda Milton! Sie ist nicht die Schwester eines flüchtigen Mörders, und ich erwarte für sie eine bessere Behandlung, als Gwenda Milton sie von Ihnen erfahren hat.«

»Ich verstehe Sie nicht«, erwiderte Messer.

»Ich glaube, Sie verstehen mich gut. Man sagt, daß Sie in dauernder Furcht vor dem Hexer leben – Sie würden mehr Grund haben, mich zu fürchten, wenn Mary etwas zustoßen sollte!«

Nur einen Augenblick senkte Messer die Augen.

»Sie sind hysterisch, Johnny, und außerdem heute morgen nicht besonders höflich. Vor allem aber sind Sie noch sehr unreif – ich habe es Ihnen vor einer Woche schon gesagt. Wer sollte Mary etwas zuleide tun? Und was den Hexer und seine Schwester betrifft, so sind sie tot!«

Er nahm die Schachtel vom Tisch, öffnete sie und vertiefte sich von neuem in die Betrachtung der Perlen.

»Als Juwelendieb ...«

Er kam nicht weiter, es klopfte leise an der Tür.

»Wer ist da?« fragte er schnell.

»Bezirksinspektor Wembury!«

12

Maurice Messer warf die Schachtel mit den Perlen hastig in den Geldschrank. Obwohl er eiserne Nerven besaß, hatte sich sein gelbliches Gesicht weiß verfärbt, und tiefe Falten kamen zum Vorschein. Auch sein junger Klient verriet Zeichen von Aufregung, als Alan eintrat. Messer gewann zuerst die Fassung zurück.

»Hallo, Wembury!« rief er mit gezwungenem Lachen. »Überall stößt man auf Sie!«

»Ich hörte, daß Lenley hier ist, und da ich ihn sprechen wollte ...«

»Sie wollten mich sprechen?« Johnnys Gesicht zuckte. »In welcher Angelegenheit?«

Wembury wußte, daß Messer ihn beobachtete und sich keine Bewegung, keinen Blick entgehen ließ. Was fürchtete er? Alan schmerzte es, als er an den beiden vorbei zu Mary hinaussah, die ahnungslos vor der Schreibmaschine saß.

»Sie kennen«, sagte Alan, »die Affäre der Darnleigh-Perlen, und Sie wissen auch, daß man mir die Untersuchung übertragen hatte. Ich habe den Fall jetzt Inspektor Burton übergeben. Heute morgen nun bat er mich, einen Punkt aufzuklären, der ihm rätselhaft erscheint.«

Mary war von der Schreibmaschine aufgestanden und näher gekommen.

»Ein Punkt, der ihm rätselhaft erscheint?« wiederholte Johnny Lenley mechanisch. »Und was ist das?«

»Er wollte wissen, was Sie veranlaßte, in Lady Darnleighs Zimmer zu gehen.«

»Ich glaube, daß ich diesen Punkt genügend aufgeklärt habe!« brauste Johnny auf.

»Sie gaben an, Sie hätten geglaubt, Ihren Mantel und Hut im ersten Stock gelassen zu haben. Der Inspektor hat aber erfahren, daß ein Diener, als Sie hinaufgehen wollten, Ihnen sagte, daß sich die Mäntel und Hüte im Erdgeschoß befänden.«

»Daran kann ich mich nicht erinnern«, erwiderte Johnny. »Ich fühlte mich nicht wohl an jenem Abend. Ich kam auch sofort wieder herunter, als ich meinen Irrtum erkannte. Wird etwa angenommen, daß ich etwas über den Diebstahl weiß?« Seine Stimme zitterte ein wenig.

»Eine solche Vermutung ist von niemandem ausgesprochen worden.« Wembury lächelte leicht. »Wir müssen lediglich versuchen, alle möglichen Informationen zu sammeln.«

»Ich wußte nichts von dem Diebstahl, bis ich es in den Zeitungen las.«

»Aber Johnny«, rief Mary, »du sagtest mir doch, als du nach Hause kamst, daß ein ...«

Ihr Bruder starrte sie schweigend an.

»Wenn du dich richtig erinnern willst, meine Liebe, war es zwei Tage danach«, wies er sie ruhig, aber eindringlich zurecht. »Ich brachte dir die Zeitung, die von dem Diebstahl berichtete. Ich hätte es dir am gleichen Abend gar nicht mitteilen können, weil ich dich nicht gesehen habe.«

Aus Marys Gesicht war jede Farbe gewichen. Verwirrung stand in ihren Augen. Alan wagte sie nicht anzuschauen.

»Selbstverständlich erinnere ich mich, Johnny ... Ja, ich erinnere mich – ich bin ganz dumm!«

Ein peinliches Schweigen folgte. Alan stand da, die Hände in den Rocktaschen, und starrte auf den abgenutzten Teppich.

»Gut!« rief er endlich. »Hoffentlich wird es Burton genügen. Es tut mir leid, daß ich Sie gestört habe.« Er sah an Mary vorbei auf Johnny. »Warum reisen Sie nicht ins Ausland, Lenley? Sie sehen schlecht aus.« Es klang gezwungen.

»England ist gut genug für mich«, antwortete Johnny verdrießlich. »Sind Sie eigentlich unser Hausarzt, Wembury?«

»Ja, so ungefähr komme ich mir vor.« Er nickte kurz und ging.

Mary kehrte zu ihrer Schreibmaschine zurück, konnte jedoch nicht arbeiten. Hinter ihr schloß Messer die Tür seines Büros.

»Ich nehme an, Sie wissen, was Wembury sagen wollte?«

»Da ich kein Gedankenleser bin, weiß ich es nicht«, antwortete Johnny. »Der Kerl besitzt eine Frechheit! Wenn man bedenkt, daß er der Sohn eines Gärtners ist . . .«

»Genau das sollten Sie endlich vergessen!« fuhr ihn Messer wütend an. »Denken Sie lieber daran, daß Sie sich verraten haben! Von heute an wird man Sie beobachten. Das schadet zwar weiter nichts, aber – auch mich wird man beobachten, was sehr unangenehm ist. Ich bin nicht ganz sicher, ob Wembury seine Pflicht tut und Scotland Yard Mitteilung macht. Wenn er es tut, können Sie sich auf große Unannehmlichkeiten gefaßt machen.«

»Sie auch!« höhnte Johnny. »In dieser Sache stehen und fallen wir zusammen. Wo wird man die Perlen finden? In Ihrem Geldschrank! Haben Sie sich das überlegt?«

»Ich glaube, daß wir die Ihnen drohende Gefahr übertreiben«, meinte Messer leichthin. »Vielleicht haben Sie recht – die wirkliche Gefahr droht mir!« Er schaute auf den Geldschrank. »Ich wünschte, diese elenden Dinger wären eine Meile von hier! Es wäre sogar möglich, daß Wembury eine Haussuchung veranlaßt.«

»Man sollte sie mit der Post nach Antwerpen senden.«

Messer lächelte verächtlich.

»Wenn ich beobachtet werde, ist doch wohl anzunehmen, daß auch meine Postsendungen nicht unbeachtet bleiben! Nein, nur eines kann uns retten – wir müssen diese verfluchten Perlen für ein oder zwei Tage anderswo unterbringen.«

Johnny biß sich verwirrt auf die Fingernägel.

»Ich werde sie zu mir in die Wohnung nehmen«, erklärte er plötzlich. »Dort gibt es einige Möglichkeiten, sie zu verstecken.«

»Keine schlechte Idee!« stimmte Maurice langsam, wie überlegend, zu. »Wembury würde es sich nie einfallen lassen, Ihre Wohnung zu durchsuchen – dazu hat er Mary zu gern.«

Er wartete nicht erst ab, bis Johnny sich vielleicht anders besinnen würde, sondern schloß den Geldschrank auf und übergab ihm die Perlen. Lenley betrachtete die Schachtel skeptisch, steckte sie dann aber in seine innere Rocktasche.

»Ich werde sie im Koffer unter meinem Bett verstecken – Ende der Woche bringe ich sie Ihnen zurück.«

Er verließ rasch das Zimmer und hielt sich auch bei Mary nicht auf. Die Perlen, für die er soviel gewagt hatte, wieder in Händen zu haben, gab ihm eine gewisse Befriedigung und verscheuchte den Verdacht, der in ihm aufgekommen war, seit Messer sie bei sich verwahrt hatte.

Als er durch die belebte Flanders Lane ging, trat ein Mann aus einem engen Durchgang und folgte ihm. Der Polizist, der an der Ecke Posten stand, beachtete ihn kaum und ließ es sich jedenfalls nicht träumen, daß in seiner nächsten Nähe der Mann vorbeiging, den die Polizei dreier Kontinente suchte: Henry Arthur Milton – der Hexer!

Noch lange, nachdem Lenley ihn verlassen hatte, ging Messer in seinem Büro auf und ab und überlegte. Lenleys Ton gefiel ihm nicht. Früher einmal hatte ihn Johnny amüsiert, später war er ihm nützlich gewesen – jetzt wurde er ihm gefährlich.

Messer öffnete leise die Tür ein wenig und spähte durch den Spalt. Mary saß, in ihre Arbeit vertieft, an der Schreibmaschine. Er strich sich übers Kinn. Eine neue Leidenschaft hatte ihn befallen und neuen Anreiz in sein Leben gebracht.

Seine Gedanken kehrten zu Johnny zurück. Es gab ein sicheres Mittel, um den prahlerischen, bedrohlichen Lenley loszuwerden. Ihn aus dem Weg zu räumen, würde zugleich bedeuten, manche andere Schwierigkeiten zu beseitigen.

Und Marys Widerstand konnte auch nicht härter sein als der Gwendas in der ersten Zeit.

Er legte die Stirn in Falten. Inspektor Wembury! Der war gefährlicher als Lenley!

Fürs erste mußte er mit Johnny Lenley fertigwerden, ihn dorthin bringen, wo er kein Unheil mehr stiften konnte.

Maurice war ein kluger Mann. Nach der Unterredung mit dem Bruder ließ er einige Zeit verstreichen, bevor er Mary ansprach. Das Frühstück, das ihr gebracht wurde, rührte sie nicht an. Statt dessen stand sie am Fenster und starrte auf die Flanders Lane hinaus. Als sie seine Stimme hörte, erschrak sie.

»Was haben Sie, meine Liebe?« Er gab sich väterlich.

Mary schüttelte abgespannt den Kopf.

»Ich weiß es nicht, Maurice – ich bin so besorgt wegen Johnny und der Perlen ...«

»Der Perlen?« wiederholte er mit gespieltem Erstaunen. »Meinen Sie Lady Darnleighs Perlen?«

»Ja. Warum hat Johnny gelogen? Als er damals nach Hause kam, war das erste, was er sagte: ›In Park Lane ist ein Diebstahl verübt worden! Lady Darnleighs Schmuck ist verschwunden!‹«

»Johnny ist nicht ganz normal«, beruhigte er sie. »Ich würde nicht zuviel auf seine Reden achten. Sein Gedächtnis scheint in letzter Zeit gelitten zu haben.«

»Das ist nicht der Fall. Er wußte genau, Maurice, daß er es mir gesagt hatte. Es ist ausgeschlossen, daß er es vergessen haben könnte.« Geängstigt forschte sie in seinem Gesicht. »Sie glauben doch nicht ...« Der Satz blieb unvollendet.

»Daß Johnny etwas von diesem Diebstahl gewußt hat? Das ist Unsinn, meine Liebe! Der Junge hat Kummer, und das ist ganz natürlich. Es ist nicht angenehm, sich ohne einen Penny in die Welt geworfen zu sehen, wie es Johnny erlebt hat. Er hat weder Ihren Charakter noch Ihren Mut, meine Liebe!«

Sie seufzte und kehrte an ihren Arbeitstisch zurück, auf dem ein großer Stoß Briefe lag, die sie genau geordnet hatte. Sie blätterte darin und zog ein Formular hervor.

»Maurice, wer ist der Hexer?«

Als er das Wort hörte, zuckte er zusammen und starrte sie an.

»Der Hexer?«

»Hier ist ein Telegramm – ich habe es ungeöffnet zwischen alten Briefen gefunden!«

Er riß ihr das Papier aus der Hand. Das Telegramm war vor drei Monaten in Sydney aufgegeben worden, es stammte von einem Anwalt, dem Agenten Messers in Australien. Es enthielt nur wenige Worte:

›Mann aus dem Hafen von Sydney identifiziert – nicht Hexer. Es wird angenommen, daß er Australien verlassen hat.‹

Mary starrte den Rechtsanwalt an, sein Blick war verstört, jede Farbe aus seinem Gesicht verschwunden.

»Der Hexer!« murmelte er. »Am Leben!« Das Papier in seiner

Hand zitterte. Er mußte eine Erklärung für seine Aufregung finden. »Ein alter Klient von mir, für den ich mich sehr eingesetzt hatte – aber er ist ein Schuft, sogar mehr als das!«

Während er sprach, zerriß er das Telegramm in kleine Stücke und warf sie in den Papierkorb. Dann legte er plötzlich einen Arm um Marys Schulter.

»Mary, an Ihrer Stelle würde ich mir keine Gedanken über Johnny machen. Er ist in einem schwierigen Alter und hat wunderliche Ideen. Augenblicklich bin auch ich nicht zufrieden mit ihm.«

»Nicht zufrieden mit ihm, Maurice?« fragte sie erstaunt. »Warum nicht?«

Er zuckte die Achseln.

»Er verkehrt mit einer Menge unangenehmer Leute. Vor allen Dingen möchte ich nicht, daß Sie mit ihnen in Berührung kommen.«

Sein Arm lag noch immer auf ihrer Schulter. Sie machte eine Bewegung, um sich zu befreien, nicht weil die Berührung sie erschreckt hätte, sondern einfach, weil sie sich unbehaglich fühlte. Er ließ den Arm hinuntergleiten und tat, als hätte er nichts bemerkt.

»Können Sie nichts tun? Auf Sie wird er hören!« bat sie.

Aber ihn beschäftigte jetzt nicht Johnny, sein Sinnen und Trachten war nur auf Mary gerichtet. Sie faßte seinen Arm und schaute ihm ins Gesicht. Er spürte, wie sein Herz schneller zu schlagen begann. Wenn Johnny den Vorschlag Wemburys befolgte und mit den Perlen nach dem Kontinent fuhr – dann war Mary ... Johnny würde keine Schwierigkeiten haben, die Perlenkette loszuwerden, und dafür einen Betrag erhalten, von dem er jahrelang leben konnte. Dies waren Messers Gedanken, als er sanft über Marys Wange strich.

»Ich will sehen, was ich für Johnny tun kann«, versprach er. »Zerbrechen Sie sich darüber nicht mehr Ihren hübschen Kopf!«

Etwas später hörte Mary, wie er auf der kleinen Reiseschreibmaschine, die er in seinem Privatbüro verwahrt hielt, mühsam etwas tippte.

Als an diesem Abend Inspektor Wembury auf die Polizeiwache in der Flanders Lane kam, fand er einen Brief vor. Er war mit Schreibmaschine geschrieben und trug keine Unterschrift. Ein Bote der Hauptstation hatte ihn abgeliefert. Der kurze Inhalt lautete:

›Die Perlenkette der Lady Darnleigh wurde von Johnny Lenley, 37 Malpas Mansions, gestohlen. Sie befindet sich in einer Schachtel im Koffer unter seinem Bett.‹

Alan Wembury las die Mitteilung. Sie bedrückte ihn tief, denn jetzt gab es nur einen Weg für ihn – den Weg der Pflicht.

13

Wembury wußte, daß anonyme Briefe zum Alltag der Polizei gehörten. In den meisten Fällen konnte man sie unbeachtet lassen. Wenn jedoch eine Information eintraf, die einen bestimmten Verdacht bestärkte, dann mußten Nachforschungen angestellt werden.

Er stand in seinem Zimmer und dachte über das Problem nach. Er konnte natürlich irgendeinen Beamten mit der Nachforschung beauftragen oder den Brief auch an eine andere Stelle weiterleiten. Aber all dies wäre moralische Feigheit gewesen, und es widerstrebte ihm, die Verantwortung abzuwälzen.

In der Tür seines Büros gab es ein kleines Schiebefenster, das einen Ausblick ins Beamtenzimmer freiließ. Mechanisch hinausstarrend, wie er es manchmal tat, fiel ihm die gebeugte Gestalt auf, die gerade draußen vorbeiging. In einer raschen Eingebung riß er die Tür auf und winkte Dr. Lomond herein. Warum er ausgerechnet diesen alten Mann, der hier noch fremd war, ins Vertrauen ziehen wollte, konnte er sich nicht erklären. Allerdings hatte sich zwischen ihnen, in der kurzen Zeit ihrer Bekanntschaft, ein seltsames Einvernehmen herausgebildet.

»Sie haben Verdruß, Mr. Wembury?« fragte der Arzt.

»Sie haben es erraten!« Alan lachte und erzählte in wenigen Worten den Fall, der ihn beschäftigte. Lomond hörte aufmerksam zu.

»Das ist peinlich!« Er schüttelte den Kopf. »Und es klingt beinah wie ein Drama. Meiner Meinung nach gibt es nur eines, Mr. Wembury – Sie müssen John Lenley behandeln, als ob er John Smith oder Thomas Brown wäre. Vergessen Sie, daß er der Bruder von Miss Lenley ist, denn ich glaube«, schloß er verschmitzt, »dies quält Sie am meisten! Behandeln Sie den Fall so, als ob er jemand beträfe, von dem Sie noch nie etwas gehört haben.«

»Das ist leider auch der Rat, den ich mir selbst gegeben habe!« stimmte Alan bei.

Dr. Lomond holte eine silberne Tabakdose aus der Tasche und drehte sich bedächtig eine Zigarette.

»Johnny Lenley«, meinte er gedankenvoll, »ein Freund von Messer!«

Alan stutzte, denn der Arzt nannte den Namen des Rechtsanwalts mit besonderem Nachdruck. »Kennen Sie ihn?«

Lomond schüttelte den Kopf.

»Ich habe nur die Gewohnheit, wenn ich an einen neuen Ort komme, mich mit den örtlichen Sagen bekannt zu machen. Messer ist eine solche Sage. Für mich ist er der interessanteste Mensch in Deptford, und ich freue mich schon darauf, seine Bekanntschaft zu machen.«

»Aber was sollte Johnny Lenleys Freundschaft mit Messer ...« Alan beendete den Satz nicht. Er kannte die unheilvolle Bedeutung dieser Freundschaft nur zu gut.

Maurice Messer war etwas mehr als nur eine Sage. Er kannte das Strafrecht wie kaum ein anderer. Nicht einmal, sondern Dutzend Male hatte er seine Klienten von schwerwiegenden Anklagen freibekommen. Es gab genug Leute, die sich wunderten, wie die armen Diebe, die ihn als Rechtsanwalt nahmen, das Geld aufbringen konnten, um seine großen Honorare zu bezahlen. Und die argwöhnischen Vermutungen verstummten nicht, daß Messer sich an den Erträgen aus dem Diebesgut schadlos halte. Mancher Juwelendieb hatte vor seiner Flucht dem Haus in der Flanders Lane einen kurzen Besuch abgestattet und die Beweisstücke, die ihn belastet hätten, dort zurückgelassen. Für die ›Großen‹ war Messer der Bankier, von den Kleinen erpreßte er sich die Abgaben.

»Zeigen Sie mir den anonymen Brief!« bat Lomond. Er nahm das Schreiben ans Licht und untersuchte es eingehend. »Das ist nicht von einer geübten Hand geschrieben worden. Die Abstände zwischen den Wörtern sind zum Teil vergessen worden. Was aber noch bemerkenswerter ist, die Abstände zwischen den Zeilen sind ungleichmäßig.« Er spitzte die Lippen, als ob er pfeifen wollte. »Hm! Schließen Sie die Möglichkeit aus, daß der Brief von Messer geschrieben sein könnte?«

»Von Messer?« Auf diese Idee war Alan Wembury noch nicht gekommen. »Aber warum? Er ist Johnnys Anwalt. Angenommen, Messer ist in den Diebstahl verwickelt, glauben Sie wirklich, daß er Johnny Lenley die Perlen anvertrauen und gleich noch die Polizei darauf aufmerksam machen würde?«

»Gibt es vielleicht einen Grund, weshalb Messer Johnny Lenley aus dem Weg haben möchte?«

Dr. Lomond beschäftigte sich immer noch mit dem Blatt Papier. Er hielt es gegen das Licht, um das Wasserzeichen zu prüfen. »Vielleicht haben Sie eines Tages Gelegenheit, Inspektor, ein Stückchen von Mr. Messers Schreibmaschinenpapier und ein Muster seiner Schreibmaschinenschrift zu erhalten.«

»Aber warum, in aller Welt, sollte er Johnny Lenley aus dem Weg schaffen wollen?« zweifelte Alan.

»Er wünscht es, Inspektor!« beharrte Lomond. »Er will Johnny Lenley aus dem Weg räumen. Das ist meine Ansicht. Wenn ich auch etwas überspannt sein mag, trotzdem bin ich ein einigermaßen klar denkender Mann!«

Als der Arzt ihn verlassen hatte, hing Alan noch eine Zeitlang seinen Gedanken nach, bis das Telefon ihn aufschreckte. Er nahm den Hörer und vernahm Oberst Walfords Stimme.

»Sind Sie es, Wembury? Können Sie gleich zu mir kommen? Ich habe Informationen über den Herrn erhalten, über den wir uns letzte Woche unterhielten . . .«

14

Johnny Lenley hatte seiner Wohnung einen kurzen Besuch abgestattet und hinter verschlossenen Türen die kleine Pappschachtel versteckt. Dann ging er in die Stadt, um Freunde der Familie aufzusuchen.

Als Mary heimkehrte, war er noch nicht zu Hause. Sie hatte Kopfschmerzen. Es fiel ihr schwer, etwas zu essen, dennoch zwang sie sich dazu. Sie schenkte sich die zweite Tasse Tee ein, als sie hörte, wie die Wohnungstür aufgeschlossen wurde. Johnny trat ein.

»Ich war bei Hamptons zum Tee«, berichtete er, als er sich mit verächtlichem Blick an den mager gedeckten Tisch setzte. »Man hat mich wie einen Aussätzigen behandelt, obschon diese Bande doch unzählige Male auf Lenley Court zu Besuch war.«

Mary erschrak, denn die Hamptons waren immer die besten Freunde des Vaters gewesen.

»Vielleicht, Johnny, waren sie so schrecklich, weil wir unser ... Nun, ich meine, weil wir kein Geld mehr haben.«

»Möglich«, murmelte er, »aber ich denke, es hat noch einen andern Grund.«

»Du meinst wegen der Darnleigh-Perlen?« stotterte sie.

»Wie kommst du darauf? – Ja, es hat auch etwas mit dem Schmuck der alten Schraube zu tun! Sie sagten es nicht gerade, aber ließen es durchblicken.«

Sie biß sich auf die Unterlippe.

»Johnny, dahinter steckt doch nichts?« Es klang seltsam, nicht wie ihre eigene Stimme.

»Ich weiß nicht, was du meinst«, antwortete er barsch, ohne sie anzusehen.

Sie mußte sich am Tisch festhalten, das Zimmer schien sich um sie zu drehen.

»Mein Gott, denkst du etwa, daß ich ein Dieb bin?« hörte sie ihn fragen.

Mary Lenley richtete sich auf.

»Schau mich an, Johnny!« Ihre Blicke trafen sich. »Du weißt nichts über die Perlen?«

Seine Blicke irrten durchs Zimmer.

»Ich weiß nur, daß sie fort sind! Was denkst du dir eigentlich?« Er schrie in einem plötzlichen Wutanfall. »Wie kannst du dir erlauben – mich wie einen Dieb zu verhören! Das kommt davon, wenn man mit Leuten wie diesem Wembury umgeht!«

»Hast du Lady Darnleighs Perlen gestohlen?«

Ihr Gesicht war so weiß wie das Tischtuch. Er machte einen vergeblichen Versuch, ihr in die Augen zu schauen.

»Ich?« stotterte er.

In diesem Augenblick läutete es. Sie blickten sich an.

»Wer ist das?« fragte Johnny heiser.

»Ich weiß es nicht. Ich will nachsehen.«

Ihre Füße waren wie Blei, als sie sich zur Tür schleppte. Alan Wembury stand vor der Tür, mit einem Ausdruck in den Augen, den sie an ihm noch nie gesehen hatte.

»Wollen Sie mich besuchen?« fragte sie atemlos.

»Nein, ich will mit Johnny sprechen.«

Beide hatten so leise gesprochen, daß man sie kaum verstehen konnte. Er ging an ihr vorbei ins Eßzimmer. Dort stand Johnny unbeweglich, so wie Mary ihn verlassen hatte, an dem kleinen runden Tisch mit den Resten des Abendessens. Das Reden machte ihm Mühe.

»Was wünschen Sie, Wembury?«

»Ich komme direkt von Scotland Yard«, begann Alan mit unnatürlicher Stimme. »Ich sprach mit Oberst Walford über eine Mitteilung, die mir heute nachmittag zuging. Ich habe versucht, ihm das Verhältnis zu erklären, in dem ich zu Ihrer Familie stehe, und das mich zögern ließ, meine Pflicht zu erfüllen.« Wembury sprach langsam, die passenden Worte suchend. »Morgen werde ich wiederkommen – mit dem Befehl, diese Wohnung nach den Darnleigh-Perlen zu durchsuchen.«

Er hörte das unterdrückte Schluchzen Marys, wandte sich aber nicht um.

Johnny Lenley stand da, steif, blaß. Er kannte die polizeilichen Vorschriften nicht, sonst wäre ihm die Bedeutung von Alans Worten klargeworden, nämlich, daß ein Durchsuchungsbefehl noch gar nicht vorlag.

Wembury bemerkte seine Ahnungslosigkeit und wurde noch deutlicher.

»Ich habe keinen Durchsuchungsbefehl und auch kein Recht, die Wohnung jetzt zu untersuchen. Morgen früh aber wird der Befehl ausgestellt werden.«

Wenn Johnny Lenley nur eine Spur von Verstand hatte, und wenn die Perlen sich in der Wohnung befanden, dann konnte er sich ihrer noch entledigen. Aber er nahm die Gelegenheit, die Alan anbot, nicht an.

»Sie sind im Koffer unter dem Bett«, sagte er. »Sie wußten es, sonst wären Sie nicht gekommen. Ich will keine Gunst von Ihnen ...«

Er drehte sich um, ging in sein Zimmer und kam nach wenigen Augenblicken mit einer Schachtel zurück, die er auf den Tisch legte. Alan Wembury wagte nicht, Mary anzusehen, die starr neben dem Tisch stand, blaß, die entsetzten Augen auf den Bruder gerichtet.

»Johnny, wie konntest du?« war das erste, was sie schließlich hervorstoßen konnte.

»Es hat keinen Zweck, jetzt großen Lärm darum zu machen«, meinte er stumpfsinnig. »Ich muß verrückt gewesen sein.« Plötzlich drehte er sich um, schloß sie in seine Arme, seine ganze Gestalt zitterte, als er ihre bleichen Lippen küßte.

»Gehen wir also...«, murmelte er ergeben.

15

Sie sprachen kein Wort, bis sie sich der Polizeiwache in der Flanders Lane näherten. Dort fragte Johnny, ohne den Kopf zu wenden:

»Wer hat mich verraten?«

»Eine anonyme Anzeige ist eingegangen«, antwortete Alan kurz.

Lenley lachte auf.

»Sie haben mich wohl seit dem Diebstahl beobachtet? Das

wird Ihnen eine Beförderung einbringen, ich wünsche Ihnen viel Glück dazu!«

Kurz bevor er in die Zelle abgeführt wurde, fragte er: »Was werde ich dafür bekommen, Wembury?«

Alan schüttelte nur den Kopf, weil er wußte, daß es, obgleich Lenley nicht vorbestraft war, kaum ohne Zuchthaus abgehen würde.

Es war schon elf Uhr nachts, als Alan schnell die verlassene Flanders Lane entlangging und sich Messers Haus näherte. Von der gegenüberliegenden Straßenseite aus konnte er über der Mauer die obersten Fenster des Hauses sehen. Eines davon war erleuchtet.

Als er die Straße überquerte, löste sich eine Gestalt von der dunklen Mauer, die das Haus des Rechtsanwalts umgab. Wembury rief den Mann scharf an, der jedoch nicht flüchtete, wie er erwartet hatte. Im Gegenteil, der Mann kam gemächlich auf ihn zu, und im nächsten Augenblick stand er im Lichtstrahl von Wemburys Taschenlampe.

»Hallo! Wer sind Sie, und was machen Sie hier?« fragte Alan.

»Die gleiche Frage könnte ich Ihnen stellen!« antwortete der andere kühl und ohne zu zögern.

»Ich bin Kriminalbeamter«, sagte Alan gereizt. Er vernahm ein leises Gelächter.

»Dann trifft uns dasselbe Mißgeschick – denn ich bin auch einer! Ich nehme an, daß Sie Inspektor Wembury sind?«

»Stimmt!« Alan wartete.

»Ich kann Ihnen meine Karte nicht geben, aber mein Name ist Bliss – Hauptkriminalinspektor Bliss von Scotland Yard.«

Bliss? Alan erinnerte sich jetzt, daß dieser unbeliebte Beamte zurückerwartet wurde, das heißt, gestern oder heute eingetroffen sein mußte. Eines stand auf alle Fälle fest: Bliss war sein Vorgesetzter.

»Suchen Sie etwas?« fragte er.

»Nicht direkt – aber Deptford ist einer meiner früheren Bezirke, ich wollte alte Bekanntschaften wieder auffrischen. Wollen Sie Messer sprechen?«

Alan wunderte sich, daß er Messers Haus kannte, denn Bliss

war schon in Amerika, als der Anwalt hierher zog. Bliss schien seine Überlegungen zu erraten und fuhr fort:

»Man hat mir erzählt, daß Messer jetzt in Deptford lebt. Er soll ziemlich heruntergekommen sein. Ich kenne ihn von früher, er hatte eine großartige Praxis in Lincoln's Inn.«

Unvermittelt, mit einem kurzen Nicken, ging er seiner Wege. Alan stand vor der Tür zu Messers Haus und drückte auf den Klingelknopf. Er mußte lange warten und hatte Zeit zum Nachdenken, doch waren seine Gedanken nicht besonders angenehm. Vor allem wagte er nicht an Mary zu denken, die sich jetzt allein und verzweifelt in der einsamen Wohnung zurechtfinden mußte. Auch an den jungen Mann dachte er nicht gern, der jetzt auf einer Pritsche saß, den Kopf in die Hände gestützt, und den Ruin vor sich sah.

Da hörte er Schritte auf dem Hof. Messers Stimme fragte:

»Wer ist da?«

»Wembury.«

Ketten klirrten und Riegel knarrten, bevor sich die Tür öffnete. Messer trug einen Schlafrock, doch Alan bemerkte, daß er darunter vollständig angekleidet war. Nicht einmal die Gamaschen hatte er abgelegt.

»Was ist los, Wembury?«

Alan wußte nicht, wieviel Leute im Haus wohnten, noch ob sie belauscht werden konnten. Sie stiegen die Treppe hinauf und kamen in das große Zimmer. Der Flügel stand offen, Noten lagen auf dem Boden umher, offenbar hatte Messer Klavier gespielt.

»Betrifft es Johnny?« fragte er jetzt und schloß die Tür.

»Ja – ich habe ihn vor einer Stunde wegen des Diebstahls der Darnleigh-Perlen festgenommen. Er hat mich gebeten, Ihnen davon Mitteilung zu machen.«

Messer antwortete nicht, er starrte auf den Boden und war anscheinend ganz in seine Gedanken vertieft.

»Woher hatten Sie die Anzeige, auf die hin Sie ihn festgenommen haben?« fragte er dann.

Alan sah ihn scharf an; unter diesem Blick wurde er verlegen und trat von einem Bein aufs andere.

»Ich kann es Ihnen nicht sagen – falls Sie es nicht selbst wissen sollten!« erwiderte Alan. »Aber ich habe Lenley versprochen, Sie zu benachrichtigen, und ich entledige mich hiermit meiner Verpflichtung.«

»Ist es nicht seltsam?« Messer schüttelte betrübt den Kopf. »Aber ich hatte immer so eine Ahnung, daß Johnny in diese Darnleigh-Sache verwickelt sei. So ein Esel! Gott sei Dank, daß sein Vater tot ist!«

»Halten wir uns nicht mit frommen Wünschen auf!« unterbrach ihn Alan schroff. »Tatsache ist, daß Lenley wegen eines Juwelendiebstahls in Haft ist.«

»Haben Sie die Perlen?«

»Sie befanden sich in einer Schachtel. Das Armband hingegen, das außerdem gestohlen wurde, war nicht dabei. Nur ein altes Etui habe ich noch vorgefunden; ich denke, daß ich den ursprünglichen Besitzer ermitteln werde.«

Unerwartet sagte Messer:

»Kann ich Ihnen dabei behilflich sein? Es ist möglich, daß das Etui von mir stammt, Johnny hat mich vor einer Woche um so etwas gebeten. Selbstverständlich hatte ich keine Ahnung, wozu er es brauchte.«

Fürs erste war Alan überrascht. Er hegte eine schwache Hoffnung, Messer in den Diebstahl verwickeln zu können. Das schadhafte und nur halb leserliche Etikett auf dem Etui wies nämlich tatsächlich auf die Adresse Messers hin. Hier war einer der Fehler begangen worden, den auch der geschickteste Verbrecher einmal macht.

»Sie scheinen ziemlich sicher zu sein, daß er schuldig ist!«

»Was soll ich anderes annehmen?« Messer zuckte die Achseln. »Sicher haben Sie ihn nicht ohne die zuverlässigsten Beweise festgenommen. Es ist schrecklich! Der arme Junge!«

Angewidert von dem kläglichen Gerede wurden Alan mit einemmal die dunklen Beweggründe dieses unverständlichen Verrats klar. Mary!

Er kannte den Ruf dieses Mannes, er wußte um seine Affäre mit Gwenda Milton und um andere unschöne Einzelheiten aus seinem Leben. War Mary der unschuldige Grund der bösen Tat?

War, um Macht über sie zu gewinnen, der Bruder aus dem Weg geräumt worden?

Alans Stimme klang kalt und entschlossen, als er die Warnung, die er schon einmal angedeutet hatte, wiederholte:

»Glücklicherweise lebt Miß Lenley in meinem Bezirk, und da ich ihr Vertrauen habe, wird sie sich an mich wenden, wenn sie etwas bedrücken sollte.«

»Denken Sie an diese Möglichkeit, Inspektor Wembury?« fragte Messer und unterdrückte ein halbes Lächeln. »Sie hatten die unangenehme Pflicht, ihren Bruder festnehmen zu müssen. Glauben Sie, daß Miss Lenley Ihnen danach noch ihr Herz ausschütten wird? Die Lenleys sind eine alte Familie, sie haben ihren Stolz. Ich bezweifle sehr, daß Mary Ihnen die Verhaftung des Bruders je verzeihen wird – was natürlich ungerecht ist, aber Frauen sind ja unlogisch. Ich will alles, was in meiner Macht steht, für Miss Lenley tun, genauso wie ich es für Johnny tun werde. Kann ich übrigens Johnny noch in dieser Nacht sehen?«

»Ja, er läßt Sie bitten, ihn sofort aufzusuchen. Ich fürchte zwar, daß Sie ihm nur wenig helfen können. Es ist ausgeschlossen, daß er gegen Kaution entlassen wird, da Fluchtverdacht besteht.«

»Ich komme gleich mit Ihnen, warten Sie, es dauert nicht lange.« Während Messer zur Tür eilte, zog er den Morgenrock aus.

Alan blieb allein im Zimmer. Er ging auf dem abgenutzten Teppich auf und ab. Der Raum wirkte abstoßend, überladen, vielleicht durch den Flügel. Die Täfelung war verblichen, düster. Es gab zuviel Türen, Alan zählte vier, außer dem Vorhang, der den Alkoven verbarg. Wohin führten sie, wozu dienten sie? Besonders eine Tür mit eisernen Beschlägen und Riegeln zog ihn an. Während er sie genauer betrachtete, leuchtete plötzlich über dem Türpfosten ein rotes Licht auf. Es mußte irgendein Signal sein – aber von wem? Das Licht verlöschte wieder. Messer kam zurück.

»Was bedeutet dieses Licht, Mr. Messer?«

Der Rechtsanwalt drehte sich schnell um.

»Licht? Welches Licht?« fragte er hastig und blickte in die angegebene Richtung. »Ein Licht?« wiederholte er ungläubig. »Meinen Sie jene rote Lampe? Wie kommen Sie darauf?«

»Vor einigen Augenblicken leuchtete sie auf und verlöschte dann wieder.«

Messers Gesicht hatte eine gelbliche Farbe angenommen.

»Sind Sie sicher?« fragte er schnell. »Es ist das Signal der Klingel. Wenn der Klingelknopf der Außentür gedrückt wird, leuchtet die Lampe auf. Das Klingeln stört mich.«

Er log und war sichtlich erschrocken. Die rote Lampe hatte eine Bedeutung. Aber welche? In diesen wenigen Augenblicken war Messer äußerst nervös geworden. Die Hand, die andauernd nach dem Mund griff, zitterte. In einem Moment, als er sich unbeobachtet glaubte, zog er verstohlen eine kleine goldene Dose aus der Tasche, nahm eine Prise und schnupfte. Kokain! dachte Wembury. Er wurde in seiner Annahme bestärkt, als Messer in wenigen Augenblicken sein normales, aufgeräumtes Wesen zurückgewann.

»Sie müssen sich getäuscht haben – wahrscheinlich war es ein Reflex der Tischlampe«, versuchte er abzulenken.

»Aber warum sollte nicht jemand an der Außentür sein?« fragte Alan ruhig.

»Das kann möglich sein. Darf ich Sie bitten, Inspektor, zur Vordertür zu gehen und nachzusehen? Hier ist der Schlüssel!«

Alan nahm den Schlüssel, ging hinunter, überquerte den Hof und öffnete die äußere Tür. Niemand war da. Er zweifelte nicht daran, daß Messer ihn nur um diesen Dienst gebeten hatte, damit er unterdessen der Ursache des Signals nachgehen konnte.

Als er ins Zimmer zurückkam, gab sich der Hausherr unbekümmert. Er zog gerade seine Handschuhe an.

»Niemand da?« fragte er. »Sie müssen sich geirrt haben, Inspektor, oder irgendein schrecklicher Bewohner der Flanders Lane hat uns einen Streich spielen wollen.«

»Hat die Lampe nicht aufgeleuchtet, seit ich das Zimmer verlassen habe?« Und als Messer den Kopf schüttelte, fragte Alan nochmals: »Sind Sie ganz sicher?«

»Ganz sicher!« Messer merkte zu spät, daß er in eine Falle gegangen war.

»Das ist seltsam.« Wembury schaute ihn scharf an. »Ich habe nämlich auf den Klingelknopf an der Außentür gedrückt – da hätte die Lampe doch, nach Ihrer Erklärung wenigstens, aufleuchten müssen!«

Messer murmelte etwas über die Leitung, die nicht ganz in Ordnung sein müsse, und schob Alan aus dem Zimmer.

Bei der Unterredung auf der Polizeiwache war Wembury nicht zugegen. Er überließ diese Pflicht dem wachhabenden Polizeisergeanten und machte sich schweren Herzens auf den Weg zu seiner Wohnung in der Blackheath Road.

16

Nach der Verhaftung Johnnys saß Mary lange wie gelähmt da. Sie wünschte weinen zu können, aber die Tränen blieben aus. Sie empfand nur eine Leere.

Johnny – ein Dieb! War es möglich? Träumte sie? Und Alan – was für eine grausame Fügung! Sie vergegenwärtigte sich jedes Wort, das er gesprochen hatte. Sie erkannte genau, daß Alan alles aufs Spiel gesetzt und dem Bruder einen Ausweg angeboten hatte, um ihn zu retten. Johnny hätte sich nur ruhig verhalten und in der Nacht versuchen müssen, die Perlen beiseite zu bringen, dann wäre er jetzt noch bei ihr. Aber sein Dünkel ließ es nicht zu. Mary empfand keine Bitterkeit gegen Alan Wembury, sie war nur traurig, und die Erinnerung an sein schmerzlich verzogenes Gesicht tat ihr ebenso weh wie der Gedanke an den Bruder.

Leise schlug die Türklingel an. Mary erhob sich mühsam und öffnete. Vor ihr stand eine Frau in einem langen, schwarzen Regenmantel. Der ebenfalls schwarze Hut unterstrich noch das blonde Haar und die blasse Gesichtsfarbe.

»Sie haben sich wohl geirrt?« fragte Mary.

»Sie sind doch Mary Lenley? Kann ich Sie sprechen?«

Mary trat zur Seite. Der Aussprache nach mußte es sich um eine Amerikanerin handeln. Die Fremde kam rasch herein. Im Wohnzimmer setzte sie sich, ohne auf eine Aufforderung zu warten, an den Tisch, dessen Schublade halb offenstand.

»Sie haben Sorgen?« fragte sie.

»Ja, sicher, ich bin in großer Sorge«, antwortete Mary und wunderte sich, woher die Frau es wußte, und was sie zu dieser späten Stunde herführte.

»Ich dachte es. Ich hörte, daß Inspektor Wembury Ihren Bruder verhaftete. Wegen des Juwelendiebstahls, nicht wahr?«

»Ja, die Perlen waren . . . Ich hatte keine Ahnung davon.«

»Mein Name ist Milton – Cora Ann Milton«, sagte die Frau, aber dieser Name machte keinen Eindruck auf Mary Lenley. »Haben Sie nie von mir gehört?«

Mary schüttelte nur den Kopf. Sie war körperlich und geistig zu abgespannt, sie wünschte nur, daß der Besuch sie verlassen möchte.

»Haben Sie auch noch nie vom Hexer gehört?«

Mary sah schnell auf.

»Vom Hexer? Meinen Sie den Verbrecher, der von der Polizei gesucht wird?«

»Der von jedermann gesucht wird, Miss Lenley!« Trotz des unbekümmerten Tones zitterte Cora Anns Stimme ein wenig. »Und ich suche ihn mehr als irgendwer sonst – denn ich bin seine Frau!«

Mary sprang überrascht auf. Das war unglaublich – die Frau eines Mannes, dem ständig der Galgen drohte!

»Ich bin seine Frau«, wiederholte Cora Ann. »Sie denken wahrscheinlich, daß man damit nicht prahlen sollte! Sie haben aber unrecht.« Ohne Übergang fragte sie: »Sie arbeiten für Messer?«

»Ich arbeite für Mr. Messer – aber, Mrs. . . .«

»Mrs. Milton!« sprang Cora bei.

»Ja. Aber, Mrs. Milton, ich kann Ihren Besuch zu so später Nachtzeit nicht verstehen.«

Cora Ann Milton sah sich ruhig im Zimmer um.

»Sie haben keine besonders schöne Wohnung, aber sie ist besser als das prächtige kleine Zimmer bei Messer!« Sie sah, wie das Gesicht des Mädchens rot wurde, und schloß für einen Moment die Augen. »Hat er es Ihnen also gezeigt? Teufel, der Mann arbeitet schnell!«

»Ich weiß nicht, wovon Sie reden.« Mary fühlte, wie ihr anfängliches Befremden sich in Ärger verwandelte.

»Wenn Sie es nicht wissen, will ich auch nicht mehr darüber sprechen«, erwiderte Mrs. Milton kühl. »Weiß Messer, daß ich zurück bin?« Sie entnahm der Handtasche, die auf ihrem Schoß lag, ein Taschentuch. Jede ihrer Bewegungen war überlegt und selbstbewußt.

»Ich glaube kaum, Mrs. Milton, daß er sich für Ihren Aufenthaltsort sehr interessiert«, sagte Mary müde. »Nehmen Sie es mir bitte nicht übel, wenn ich Sie bitte, sich nicht länger aufzuhalten. Ich habe heute genug Aufregung gehabt und bin darum nicht in der Stimmung, mich über Mr. Messer, Ihren Mann oder sonst jemanden zu unterhalten.«

So leicht war Cora Ann Milton jedoch nicht abzuweisen.

»Ich nehme an, daß Sie manchmal bis spätabends in Messers Haus arbeiten werden«, begann sie von neuem. »Vielleicht wäre es Ihnen angenehm, meine Adresse zu haben?«

»Wozu nur?«

»Wozu!« wiederholte Cora. »Ich möchte, daß Sie sich mit mir in Verbindung setzen – wenn etwas geschehen sollte. Es gab ein anderes Mädchen ... Aber ich nehme an, daß Sie keine abschreckenden Beispiele hören wollen. Ich möchte Sie nur noch bitten, dem lieben Maurice nicht zu sagen, daß die Frau des Hexers in London ist.«

Mary achtete kaum mehr auf den Schluß der Rede, sie ging zur Tür und öffnete sie unmißverständlich.

»Das bedeutet, daß ich gehen soll!« Cora Ann lächelte gutmütig. »Ich nehme es Ihnen nicht übel, Kind. Ich glaube, ich verhielte mich genauso, wenn irgendeine Frau mich in ähnlicher Weise belästigen würde.«

»Ich brauche keine Bevormundung. Ich habe ein paar Freunde...«

Sie brach ab. Freunde? In ganz London, im ganzen Land hatte sie niemand, an den sie sich wenden konnte mit Ausnahme von – Alan Wembury. Und Maurice? Ihre Beziehungen hatten sich in den letzten Tagen verändert. Er war nicht mehr der Berater, zu dem sie gehen würde, wenn ...

Cora Ann beobachtete sie von der Türe aus. Es fiel ihr nicht allzu schwer, zu erraten, was in dem Mädchen vorging.

»Wembury ist ein anständiger Kerl«, sagte sie. »Ich hoffe, daß Sie ihm nicht böse sind, weil er Ihren Bruder verhaftet hat.«

Mary machte eine verzweifelte Handbewegung, sie war am Ende ihrer Geduld angelangt.

Sie saß noch lange, nachdem Cora Ann Milton gegangen war, am Tisch und versuchte, sich über den Grund dieses Besuches klarzuwerden. Wenn sie der Frau des Hexers gefolgt wäre, hätte sie es vielleicht erfahren.

Cora ging die dunkle, verlassene Straße entlang. Nach wenigen Schritten erschien, wie aus dem Nichts aufgetaucht, ein Mann neben ihr. Es geschah so unerwartet und geräuschlos, daß sie erschrak und einen Schritt zurückwich.

»Ach! Hast du mich erschreckt!« rief sie atemlos.

»Hast du das Mädchen gesprochen?«

»Ja, Arthur.« Ihre Stimme war aufgeregt, beklommen. »Warum bleibst du hier? Weißt du nicht, welche Gefahr . . .«

Sie hörte sein leises, spöttisches Lachen.

»Cora Ann, du sprichst zuviel! Übrigens habe ich dich heute nachmittag gesehen.«

»Du hast mich gesehen?« wiederholte sie hastig. »Wo warst du? Arthur, wie soll ich dich erkennen, wenn ich dich sehe? Ich werde das unheimliche Gefühl nicht los, daß du dauernd um mich bist. Ununterbrochen starre ich in die Augen der Vorübergehenden – man wird mich einmal festnehmen, weil ich zudringlich erscheine.«

Er lachte wieder.

»Meine eigene Frau wird mich doch erkennen? Die Augen der Liebe schauen durch jede Verkleidung hindurch.«

Er hörte, wie ihre Zähne vor Ärger aufeinanderschlugen. Arthur Milton liebte es, seine schöne Frau zu reizen.

»Ich will wissen, wie du jetzt aussiehst!«

Ein heller Lichtstrahl traf sein Gesicht.

»Du bist verrückt!« fuhr er sie an und schlug ihr die Taschenlampe aus der Hand. »Wenn du mich sehen kannst, können es andere auch.«

»Sie werden ihre Freude daran haben!« flüsterte sie, denn sie hatte in ein Gesicht geblickt, das von der Stirn bis zum Kinn mit einer schwarzseidenen Maske bedeckt war.

»Hast du meinen Brief erhalten?« fragte er.

»Ja – du meinst doch den Kode? Ich glaubte, daß die Zeitungen keine Mitteilungen in Geheimschrift veröffentlichen?«

Er antwortete nicht. Sie griff mechanisch in die Handtasche. Der Umschlag, den sie darin gehabt hatte, war verschwunden.

»Was hast du?«

Sie erklärte es ihm.

»Cora, Närrin! Du mußt den Brief in der Wohnung der Lenleys verloren haben. Geh sofort hin und hole ihn!«

Cora eilte zurück, sie lief die Treppe hinauf und klopfte an die Tür. Mary öffnete gleich.

»Ich bin zurückgekommen, weil ich hier einen Brief verloren habe. Soeben vermißte ich ihn.«

Mary ging mit ihr ins Zimmer. Sie suchten gemeinsam, aber der Brief kam nicht zum Vorschein. Cora Ann war so aufgeregt, daß sie Mary leid tat.

»Sie müssen ihn doch wohl anderswo verloren haben. Enthielt er Geld?«

»Geld? Nein. Ich wünschte, es wäre nur Geld gewesen.« Sie blickte sich verwirrt im Zimmer um. »Ich weiß, daß ich ihn bei mir hatte, als ich herkam.«

»Vielleicht haben Sie ihn doch zu Hause gelassen.«

Cora Ann schüttelte den Kopf, doch nach einer weiteren gründlichen Durchsuchung begann sie selbst zu zweifeln, ob sie den Brief überhaupt bei sich gehabt hatte.

Mary Lenley schloß die Tür hinter ihr, ging an den Tisch zurück und setzte sich. Der Tee war kalt geworden und schmeckte bitter. Sie öffnete die Tischschublade, in der das Eßbesteck lag. Erstaunt sah sie hinein. Der Brief, den sie gesucht hatten, lag darin. Auf dem Umschlag stand nur ›Cora Ann‹, keine Adresse. Nach kurzem Zögern zog sie eine viereckige, weiße Karte heraus, die mit Gruppen mikroskopisch winziger Buchstaben und Zahlen bedeckt war. Es bedurfte keines besonderen Scharfsinns, um zu erkennen, daß es sich um einen chiffrierten Text handelte.

Der Vorfall an sich war leicht zu erklären. Als Cora das Taschentuch aus der Handtasche genommen hatte, mußte der Brief in die etwas offenstehende Tischschublade gefallen sein, und später hatte sie die Schublade zugestoßen, ohne es zu merken. Vielleicht würde sie noch einmal zurückkommen.

Mary steckte die Karte in den Umschlag zurück und nahm den Brief mit ins Schlafzimmer. Dort verschloß sie ihn in ihrem Frisiertisch, wo sie auch Schmuckstücke aufbewahrte. Später vergaß sie ihn völlig.

17

Einen Monat später saß Mary Lenley im Marmorsaal des Hauptgerichtshofes und wartete mit gefalteten Händen auf das Urteil der Geschworenen. Sie war zur Gerichtsverhandlung gekommen und hatte die ersten Zeugenaussagen angehört. Aber sie konnte den Anblick ihres Bruders auf der Anklagebank nicht ertragen, sie verließ den Saal und wartete draußen auf die Entscheidung.

Alan Wembury kam auf den Korridor hinaus. Langsam ging er auf sie zu.

»Ist es vorbei?« fragte sie.

»Ich glaube, es ist bald soweit«, antwortete er leise. Er machte einen übermüdeten, verstörten Eindruck. »Sie können sich nicht vorstellen, wie mir zumute ist, Mary. Das schlimmste an der Sache ist, daß man mir auch noch das Verdienst an dieser Verhaftung zuschieben will – gestern mußte ich sogar die Glückwünsche des Kommissars über mich ergehen lassen!«

Sie lächelte kaum merklich. Er setzte sich zu ihr und redete ihr zu.

Bald kam Maurice Messer dazu, wie immer tadellos gekleidet. Sein Zylinder glänzte, und die Gamaschen waren weiß wie Schnee.

»Der Richter liest eben die Begründung vor«, sagte er. »Wollen Sie sie nicht hören, Wembury?« Und als er der breitschultrigen Gestalt Wemburys, der durch die Drehtür verschwand, nachschaute, meinte Messer: »Da geht einer der tüchtigsten jungen Männer! Gewissenlos, aber alle Polizeibeamten sind gewissenlos – ein Stréber, aber alle Polizeibeamten sind ehrgeizig!«

»Ich habe nie gefunden, daß Alan gewissenlos ist«, widersprach Mary.

»Ich habe vielleicht einen zu kräftigen Ausdruck gebraucht.« Maurice Messer lächelte. »Er mußte allerdings seine Pflicht tun, doch hat er den armen Johnny sehr geschickt in die Falle gelockt.«

»Geschickt? Falle?« wiederholte sie und runzelte die Stirn.

»Dies hat man natürlich bei der Zeugenaussage nicht erwähnen lassen«, fuhr Maurice mit vielsagendem Lächeln fort. »Nichts, meine Liebe, was für den Polizeiapparat nachteilig ist, wird durch Zeugenaussagen an die Öffentlichkeit gebracht. Aber ich kenne die Hintergründe dieser Geschichte und weiß, daß Wembury seit dem Diebstahl auf Johnnys Fährte ist. Deshalb ist er auch nach Lenley Court gekommen.«

Sie starrte ihn an.

»Sind Sie sicher? Ich dachte . . .«

»Sie dachten, daß er Sie aufsuchen wollte? Das ist ein verzeihlicher Irrtum. Meine Liebe, wenn Sie sich die Sache genau überlegen, werden Sie dahinterkommen, daß ein Detektiv immer behaupten muß, eine ganz andere Sache zu tun als die, die er wirklich tut. Wenn Sie Wembury deshalb zur Rede stellen wollen, würde er selbstverständlich alles abstreiten.«

Sie dachte einen Augenblick nach.

»Das glaube ich nicht. Alan sagte mir, daß er Johnny nie mit dem Diebstahl in Verbindung brachte, bevor er den anonymen Brief erhielt.«

»So!«

Alan kam aus dem Gerichtssaal zurück.

»Es wird wohl noch zehn Minuten dauern«, berichtete er, und ehe Messer etwas sagen konnte, fragte Mary:

»Alan, ist es wahr, daß Sie Johnny schon lange in Verdacht hatten?«

»Nein, ich war ahnungslos. Erst der anonyme Brief hat mich darauf aufmerksam gemacht.« Er schaute Maurice Messer an.

»Aber als Sie nach Lenley Court kamen . . .«

»Meine Liebe«, unterbrach sie Maurice hastig, »warum all diese Fragen, die Mr. Wembury nur in Verlegenheit bringen!«

»Warum in Verlegenheit?« fragte Alan kurz. »Ich kam nach Lenley Court, um Miss Lenley zu besuchen und ihr meine Beförderung mitzuteilen. Sie wollen doch nicht etwa behaupten, daß mein Besuch mit dem Diebstahl in Verbindung stand?«

Messer zuckte die Achseln.

»Als Anwalt bin ich mit den Praktiken jener ›geheimnisvollen‹ Briefe vertraut, mit denen Spitzel und Denunzianten die Polizei bedienen.«

»Dann ist Ihnen also die Bedeutung des Wortes ›Denunziant‹ bekannt, Mr. Messer?« fragte Alan. »Und was den Brief betrifft, der Lenley verriet, so ist daran nur der Schreiber ›geheimnisvoll‹. Der Brief ist übrigens auf Schreibmaschinenpapier Swinley Bond Nr. 14 geschrieben.« Er bemerkte, wie Messer leicht zusammenfuhr. »Ich habe bei den Schreibwarenhandlungen in Deptford Nachforschungen angestellt und erfahren, daß es dieses Papier dort nicht zu kaufen gibt. Man kann es nur bei einem Schreibwarenhändler in der Chancery Lane erhalten, der den Alleinvertrieb hat und an Anwaltsbüros liefert. Ich sage Ihnen das nur, falls Sie selbst weitere Nachforschungen anstellen wollen.«

Mit einem Kopfnicken ging er davon.

»Was meint er?« fragte Mary unruhig.

»Wer kann wissen, was ein Polizeibeamter meint«, antwortete Maurice mit gezwungenem Lachen.

Sie wurde nachdenklich und saß lange, ohne ein Wort zu sagen, da.

»Er meinte, Johnny sei von – irgendwem verraten worden . . .«

»Von jemand, der anscheinend nicht in Deptford lebt«, unterbrach er sie schnell. »An Ihrer Stelle, meine Liebe, würde ich diesem Märchen nicht allzuviel Glauben schenken. Auch wäre es gut, wenn Sie in Zukunft nicht so oft mit Wembury zusammenkämen. Selbstverständlich«, fügte er hinzu, als er Marys Blick sah, »will ich Ihnen keine Vorschriften über Ihre Freunde machen. Ich möchte Ihnen nur behilflich sein, Mary . . . Es gibt ein oder zwei

Sachen, über die ich mit Ihnen sprechen möchte, sobald diese Angelegenheit vorüber ist. Sie können dann nicht länger allein in Malpas Mansions wohnen.«

»Steht es denn wirklich fest, daß Johnny verurteilt wird?«

»Johnny wird ins Zuchthaus kommen«, erwiderte Messer. Es war nicht der Augenblick, etwas zu beschönigen und Rücksicht zu nehmen. »Und zwar für Jahre! Damit müssen Sie sich abfinden. Und wie ich schon sagte, können Sie nicht allein dort wohnen...«

»Ich werde nirgendwo anders wohnen als in Malpas Mansions«, entgegnete sie mit einer Entschlossenheit, die nicht mißverstanden werden konnte. »Ich weiß, daß Sie es gut mit mir meinen, Maurice, aber es gibt Dinge, die ich nicht tun kann. Wenn Sie mich beschäftigen wollen, freue ich mich, für Sie zu arbeiten. Ich weiß, daß meine Erfahrungen nicht ausreichen, um anderswo arbeiten zu könnnen, und ich bin auch sicher, daß mir kein anderer Arbeitgeber das Gehalt zahlen würde, das Sie mir angeboten haben. Aber ich bleibe in Malpas Mansions, bis Johnny zurückkommt.«

Das Gespräch wurde unterbrochen. In der Drehtür erschien Alan Wembury. Er blieb einen Augenblick stehen, dann kam er auf sie zu.

»Nun?« fragte Mary atemlos.

»Drei Jahre Zuchthaus!« antwortete Alan. »Der Richter fragte, ob sonst etwas über ihn bekannt sei. Ich bin nochmals als Zeuge verhört worden und habe alles gesagt, was ich wußte.«

»Und was wußten Sie?« fragte Messer.

»Ich weiß, daß er ein anständiger Mensch gewesen ist, aber durch den Umgang mit Verbrechern verdorben wurde.« Wembury stieß jedes einzelne Wort mit Nachdruck hervor. »Eines Tages werde ich den Mann erwischen, der Johnny Lenley zugrunde richtete, und ihn vor das gleiche Gericht stellen.« Er deutete auf die Drehtür. »Für diesen Angeklagten werde ich, wenn ich meine Zeugenaussage mache, keine Fürsprache einlegen. Aber ich werde dem Richter eine Geschichte erzählen, die diesen Mann, der Johnny Lenley verraten hat, in ein Gefängnis bringt, aus dem er nicht so bald zurückkommt!«

18

Für Maurice Messer war der Hexer tot. Alle Behauptungen, daß Henry Arthur Milton in England sei, hielt er für alberne Gerüchte, wie sie häufig in der Unterwelt herumgeboten werden.

Scotland Yard jedenfalls, das nur auf Grund ganz zuverlässiger Nachrichten handelte, hatte ihn nicht gewarnt. Dieser Punkt beruhigte ihn an der ganzen Geschichte am meisten.

Mary verrichtete regelmäßig ihre Arbeit und entwickelte sich rasch zu einer tüchtigen Stenotypistin. Oft dachte sie darüber nach, ob es Maurice gegenüber nicht richtiger gewesen wäre, wenn sie ihm vom Besuch Cora Miltons erzählt hätte. Aber da vom Hexer nie mehr die Rede war, hielt sie es für besser, zu schweigen. Alan Wembury hatte sie nicht mehr gesehen. Eines Tages entdeckte sie ihn in der High Street und sprach ihn an.

»Alan, Sie sind nicht liebenswürdig!« neckte sie ihn. »Man könnte meinen, daß Sie mich nicht mehr kennen wollen.«

Er wurde rot, dann blaß, so daß ihr ihre Worte sofort leid taten. »Ich habe dies selbstverständlich nicht angenommen«, lenkte sie ein, »aber Sie sind doch sehr unliebenswürdig geworden! Warum gehen Sie mir aus dem Weg?«

»Ich glaubte - ich dachte ...«, stotterte er verlegen und fragte dann schnell: »Haben Sie etwas von Johnny gehört?«

»Ja. Er scheint ganz munter zu sein und schmiedet schon Pläne für die Zukunft.« Und dann schloß sie vergnügt: »Wollen Sie mich nicht am Mittwoch zum Tee einladen? An diesem Tag höre ich zeitig im Büro auf.«

Alan kehrte danach als ein sehr glücklicher Mann in die Polizeiwache zurück. Er war so heiter, daß Dr. Lomond, der am Pult des Sergeanten einen Bericht über einen betrunkenen Motorradfahrer schrieb, belustigt über seine Brillengläser schaute.

»Was ist los mit Ihnen? Haben Sie eine Erbschaft gemacht?«

»Etwas viel Besseres – ich bin eine große Sorge losgeworden!«

»Mit anderen Worten, Sie hatten sich mit einem Mädchen gezankt, und jetzt hat sie sich wieder mit Ihnen versöhnt.« Er verzog spöttisch das Gesicht. »Ich will nicht behaupten, daß die Ehe nicht gut wäre, aber für einen Polizeibeamten ist sie nicht ratsam.«

Alan lachte.

»Ich denke gar nicht daran, mich zu verheiraten.«

»Dann sollten Sie sich schämen.« Dr. Lomond ging zum Kamin und schnippte die Asche seiner Zigarette ins Feuer.

Während er sich umdrehte, kam ein untersetzter, ärmlich gekleideter Mann ins Büro. Er grinste über das ganze Gesicht, als er auf den Sergeanten zuging und mit einem freundlichen Kopfnicken seine Papiere vor ihn hinlegte.

»Hackitt!« rief Wembury. »Ach! Ich hatte schon gehört, daß Sie die Gegend wieder unsicher machen.« Er gab ihm die Hand.

Sam Hackitts Grinsen wurde noch breiter.

»Ja, ich bin entlassen worden – jetzt will mir der alte Messer eine Anstellung geben.«

»Was, Sam, wollen Sie sich denn der Rechtspraxis zuwenden?«

Hackitt lachte heiser.

»Nein, ich soll seine Stiefel putzen! Es ist allerdings eine sehr niedrige Arbeit für einen Mann von meiner Begabung. Aber, Mr. Wembury, was soll man machen, wenn einem die Polizei immerfort nachstellt?«

»Geben Sie ihr keine Veranlassung dazu!« entgegnete Alan lachend. »Sie werden also Messers Leibdiener! Ich wünsche Ihnen viel Glück.«

Sam Hackitt rieb sich nachdenklich das unrasierte Kinn.

»Ich hörte, daß Johnny Lenley verschüttgegangen ist, Mr. Wembury. Das ist Pech.«

»Kennen Sie ihn?« fragte Alan.

»Ich hatte ihn einmal aufgesucht, als er noch auf dem Lande war. Ich wußte damals schon, daß er unserer Zunft angehört, denn jemand hatte für ihn und mich eine Sache angezettelt. Aber ich habe die Finger davon gelassen. Es war etwas zu gefährlich für mich, ich arbeite nicht gern mit Anfängern. Außerdem wollte der Herr, der die Geschichte finanzierte, daß wir eine Knarre dabei haben sollten. Dafür bedankte ich mich!«

Alan wußte sehr gut, daß gewerbsmäßige Einbrecher Waffen verabscheuen.

»Wer ist denn dieser große Boß, Sam?« fragte er, obwohl er keine wahrheitsgetreue Antwort erwartete.

»Er? Oh, das ist ein Mann, der in Sheffield lebt«, wich Hackitt aus. »Mir gefiel die Sache nicht, darum habe ich sie nicht angenommen. Er ist ein netter Kerl – ich meine den jungen Lenley ...« Dann wechselte er plötzlich das Thema. »Mr. Wembury, was ist eigentlich an dem Gerede dran, daß der Hexer in London sei? Ich hörte so etwas.«

Alan war erstaunt. Der Hexer gehörte einer anderen Klasse an, wenn auch die kleinen Gauner durch die Taten dieses Superverbrechers in Mitleidenschaft gezogen wurden.

Wieder rieb sich Sam Hackitt das Kinn.

»Ich bin einer der wenigen, die ihn ohne Verkleidung gesehen haben. Der Hexer, eh! Das war ein tüchtiger Kerl. Ich habe noch keinen gefunden, der sich so verstellen konnte!«

Der Sergeant hatte sich die nötigen Einzelheiten aus Sam Hakkitts Papieren notiert und gab sie ihm zurück.

»Wenn der Hexer auftauchen sollte, könnte es sein, daß wir Sie herbestellen, Hackitt!« kündigte Wembury an.

»Der wird nie mehr auftauchen.« Sam schüttelte den Kopf. »Er ist ertrunken – ich glaube den Zeitungen.«

Dr. Lomond beobachtete seine kräftige Gestalt, bis er vor der Türe verschwand.

»Dieser Kopf! Haben Sie bemerkt, Wembury, wie flach der Schädel ist? Den möchte ich mal vermessen!«

19

Die Tage bis zum Mittwoch schlichen langsam hin; jeder schien viel mehr als vierundzwanzig Stunden zu haben. Am Mittwochmorgen erhielt Alan einen Brief von Mary. Sie bat ihn, er möchte sie in einer kleinen Konditorei im Westend treffen. Alan fand sich schon eine Viertelstunde vor der festgesetzten Zeit ein. Endlich kam sie. Sie trug ein braunes Kostüm und sah entzükkend aus.

Die Konditorei war um diese Stunde wenig besucht. Er fand einen ruhigen Eckplatz, wo sie sich ungestört unterhalten konnten. Sie hatte den Kopf voll von Zukunftsplänen. Maurice (er konnte es nicht leiden, wenn sie Messer beim Vornamen nannte) wollte Johnny auf einer Geflügelfarm neu anfangen lassen. Sie hatte Johnnys Gefängniszeit bis auf den Tag ausgerechnet.

»Drei Monate werden ihm jedes Jahr nachgelassen, wenn er sich gut hält«, frohlockte sie. »Johnny scheint auch sehr vernünftig zu sein. In dem Brief, den ich vor einigen Tagen erhielt, schreibt er, daß er sich nichts mehr zuschulden kommen lassen will.«

Alan zögerte, die Frage zu stellen, die ihm auf der Zunge lag, doch dann fragte er doch.

»Ja – er hat auch Sie erwähnt«, erwiderte sie froh. »Er empfindet keinen Groll gegen Sie. Ich glaube, wenn er herauskommt, wird er mehr auf Sie hören!«

Sie erzählte, daß sie viel zu tun habe, die Zeit vergehe ihr viel schneller, als sie gedacht hätte. Maurice sei sehr gut zu ihr (wie oft sie das schon wiederholt hatte!). Das Leben in Malpas Mansions verliefe ruhig, sie habe sogar eine Hausangestellte.

»Es ist ein seltsames kleines Geschöpf, das darauf besteht, mir alle Schreckensgeschichten von Deptford zu erzählen. Als ob ich nicht selbst genug Schrecken hätte! Ihr Lieblingsheld ist der Hexer – wissen Sie etwas über ihn?«

»Er ist der Held vieler Leute in Deptford. Der Gedanke, daß jemand die Polizei überlisten konnte, gefällt ihnen.«

»Er ist doch nicht etwa in England?« fragte sie. »Ich muß Ihnen etwas erzählen – ich habe seine Frau kennengelernt!«

Mit großen Augen starrte er sie ungläubig an.

»Cora Ann Milton?«

Mary mußte über den Eindruck, den ihre Worte auf ihn machten, lachen. Sie schilderte Cora Anns Besuch, erwähnte aber aus einem ihr selbst unklaren Grund nur einen Teil jenes Gesprächs. Sie deutete nicht einmal an, daß Cora Ann sie vor Messer gewarnt hatte. Als sie von dem Brief mit dem Geheimkode sprach, wurde er sehr lebhaft und bedrängte sie mit Fragen.

»Eben erst ist es mir wieder eingefallen!« entschuldigte sie sich reuevoll. »Er liegt bei mir in der Schublade, und ich hätte ihn ihr zurückschicken sollen . . .«

»Ein Geheimkode – das ist sehr wichtig! Können Sie mir den Brief morgen bringen?«

Sie versprach es.

»Aber warum kam sie zu Ihnen? Sagten Sie nicht, daß es in der gleichen Nacht war, als Johnny festgenommen wurde?« forschte Alan. »Haben Sie Mrs. Milton seither wiedergesehen?«

»Nein.«

Sie gingen zusammen durch den Green-Park und aßen in einem kleinen Restaurant in Soho. Es war ein großer Tag in Alan Wemburys Leben. Er begleitete sie zur Straßenbahn, doch als er sie wegfahren sah, verschwand mit ihr auch ein Teil seiner Lebensfreude.

Messer hatte Mary gebeten, nach dem Essen nochmals bei ihm vorbeizukommen. Da sie es sich aber zum festen Prinzip gemacht hatte, neun Uhr als die Zeitgrenze festzusetzen, bis zu der sie abends bei ihm arbeiten wollte, und es jetzt, als sie New Cross erreichte, schon später war, ging sie sofort nach Malpas Mansions.

Während sie noch die Tür aufschloß, klingelte das Telefon. Maurice hatte darauf bestanden, daß sie sich ein Telefon anschaffte. Sie knipste schnell das Licht an und eilte zu dem kleinen Tisch, auf dem der Apparat stand. Es war Messer, wie sie erwartet hatte.

»Mein liebes Kind, wo sind Sie gewesen?« fragte er mürrisch. »Ich habe seit acht Uhr auf Sie gewartet.«

Sie schaute auf die Armbanduhr. Es war gerade ein Viertel vor zehn.

»Es tut mir leid, Maurice – aber ich hatte Ihnen nicht versprochen, daß ich kommen würde.«

»Sind Sie im Theater oder sonstwo gewesen?« fragte er argwöhnisch. »Sie haben nichts darüber gesagt.«

»Nein, ich habe jemand besucht.«

»Einen Mann?«

Mary Lenley war ein geduldiges Wesen, aber seine eindringlichen Fragen erbitterten sie. Er mußte es erraten haben, denn bevor sie antworten konnte, fuhr er fort:

»Verzeihen Sie meine Neugier, liebe Mary, aber ich nehme

doch sozusagen Vaterstelle bei Ihnen ein, solange der arme Johnny fort ist, und ich möchte wissen . . .«

»Ich war zum Essen eingeladen«, unterbrach sie ihn entschlossen. »Es tut mir leid, wenn ich Ihnen Unbequemlichkeiten bereitet habe, aber ich hatte Ihnen nichts versprochen.«

Es folgte eine Pause.

»Können Sie jetzt zu mir kommen?«

Ihr ›Nein‹ klang sehr bestimmt.

»Es ist viel zu spät, Maurice. Was sollte ich denn noch für Sie arbeiten?«

Wenn er sofort geantwortet hätte, wäre sie vielleicht unsicher geworden. Aber die Pause dauerte etwas zu lang.

»Beeidigte Aussagen!« spottete sie. »Das klingt sehr unsinnig um diese Nachtzeit. Ich werde morgen zeitiger kommen.«

»Der Jemand ist doch nicht etwa Alan Wembury?« hörte sie Messer fragen. Mary legte den Hörer auf.

Sie stellte Wasser für den Tee auf und ging in ihr kleines Schlafzimmer, um abzulegen. Ein Luftzug entstand, hinter ihr schlug die Tür zu. Sie machte Licht und schloß beunruhigt das Fenster. Vor dem Verlassen der Wohnung hatte sie alle Fenster geschlossen, da es nach Regen aussah. Wer hatte das Schlafzimmerfenster geöffnet? Sie sah sich im Zimmer um, und es überrieselte sie kalt. Jemand war im Zimmer gewesen, eine Schublade vom Frisiertisch war aufgebrochen. Soweit sie sehen konnte, fehlte nichts. Dann fiel ihr der Kode ein. Sie fand ihn nicht – verschwunden! Der Kleiderschrank stand offen, ihre Kleider hingen nicht wie sonst. Auch die lange, untere Lade war durchsucht worden. Von wem? Sicher nicht von einem gewöhnlichen Einbrecher, nichts war gestohlen worden, nichts fehlte – außer dem Brief.

Sie ging zum Fenster zurück, öffnete es und schaute hinunter. Rechts lag der kleine Küchenbalkon mit dem Aufzug, über den die Bewohner die Waren von den Lieferanten in Empfang nehmen konnten. Der Aufzug befand sich zur Zeit unten, und sie konnte sehen, wie sich das lange Drahtseil im Wind bewegte. Ein geschickter Mann konnte mit einiger Anstrengung daran schon zum Balkon hinaufklettern. Aber wer würde Gefahr laufen, seinen Hals zu brechen, nur um ihre Habseligkeiten zu durchsuchen und Cora Anns Brief zu holen?

Mary holte in der Küche eine Taschenlampe, mit der sie die Wohnung genauer untersuchte. Jetzt erst fand sie die noch feuchten Fußabdrücke auf dem Teppich. An zwei Stellen waren die Schmutzspuren so deutlich zu sehen, daß sie sich wunderte, sie nicht gleich bemerkt zu haben.

Sie machte noch einige andere Entdeckungen. Der Frisiertisch war vollständig in Unordnung gebracht worden. Eine ihrer Kleiderbürsten fand sie auf dem Bettrand, offensichtlich war sie benutzt worden, denn sie fühlte sich feucht und sandig an. Der kaltblütige Eindringling hatte sich nicht nur mit einer oberflächlichen Toilette begnügt, sondern auch die Haarbürste benützt; in den weißen Borsten hing ein grobes, schwarzes Haar.

Es klingelte an der Wohnungstür. Als sie öffnete, stand der Hausmeister draußen.

»Es tut mir leid, wenn ich Sie störe, Miss. Ist etwas mit der Wohnung nicht in Ordnung?«

»Kommen Sie, Jenkins! Darüber habe ich mich eben gewundert.« Sie führte ihn ins Zimmer.

»Ein Mann hat sich nämlich den ganzen Abend in der Gegend herumgetrieben«, erzählte der Hausmeister. »Ein Mann mit einem kleinen, schwarzen Bart. Ein Bewohner hat ihn kurz vor Dunkelwerden im Hof gesehen, wie er sich den Aufzug anschaute. Und die Frau nebenan sagte mir, daß er ungefähr zehn Minuten lang an Ihre Tür geklopft habe. Das war gegen acht Uhr, also bevor er im Hof gesehen wurde. Vermissen Sie etwas, Miss?«

Ein Mann mit einem Bart? Ein schwarzer Spitzbart – das kam ihr bekannt vor. Mary erinnerte sich plötzlich an die Unterhaltung mit Alan, er hatte ihr von Inspektor Bliss erzählt. Eine phantastische Idee!

Sie ging zum Telefon und verlangte die Flanders-Lane-Polizeiwache. Eine mürrische Stimme meldete sich. Nein, Mr. Wembury sei noch nicht zurück, man erwarte ihn aber jeden Augenblick. Sie nannte ihren Namen und die Telefonnummer und bat um Wemburys Anruf. Eine Stunde später läutete das

Telefon, sie erkannte Alans Stimme. In wenigen Worten erzählte sie alles und vernahm seinen erstaunten Ausruf.

»Ich glaube nicht, daß es der war, an den Sie denken«, zweifelte er. »Ist es schon zu spät für mich, vorbeizukommen?«

»Nein, nein, bitte!« rief sie, ohne zu zögern.

Er traf unerwartet schnell ein.

»Ein Taxi!« erklärte er. »Es ist ja selten genug in Deptford, daß man eines erwischt, aber ich hatte Glück.«

Zum erstenmal seit Johnnys Festnahme betrat er die Wohnung. Mary führte ihn sofort in ihr Zimmer, um ihm die Spuren des mysteriösen Besuches zu zeigen.

»Bliss?« fragte er mit gerunzelter Stirn. »Warum sollte Bliss hier eindringen?«

»Das möchte ich auch wissen. Wenn es sich um den Brief handelte, hätte er kommen und danach fragen können.« Sie konnte wieder lächeln. Alan Wemburys Anwesenheit wirkte wunderbar beruhigend auf sie.

»Haben Sie etwas hier, das Messer gehört – irgendwelche Papiere?« fragte er.

Sie schüttelte den Kopf.

»Schlüssel?« fragte er weiter.

»Ja, natürlich. Ich habe die Schlüssel zum Haus. Seine alte Köchin ist ziemlich taub, und Maurice ist nur selten auf, wenn ich komme, darum hat er mir die Schlüssel zur äußeren Tür und zur Haustür gegeben.« Sie öffnete die Handtasche. »Ich trage sie immer bei mir. Halten Sie es denn für möglich, daß Bliss daran interessiert ist? Er kann ja zu jeder gewünschten Zeit bei Mr. Messer vorsprechen.«

In Gedanken überflog Alan die Situation. Wußte Bliss von Cora Miltons Besuch bei Mary? Zwar war Wembury nicht benachrichtigt worden, daß die Hauptstelle auf eigene Faust arbeitete – doch angenommen, Bliss hätte es sich in den Kopf gesetzt, den Hexer zu finden, warum sollte er diesen schwierigen Weg wählen? Und wenn er hinter dem Brief her war, woher überhaupt wußte er von ihm?

»Nur ein einziger Mann kann an diesem Brief wirklich Interesse haben – der Hexer selbst!« stellte er überzeugt fest.

Durch die offenstehende Wohnungstür, die Alan beim Eintritt nicht geschlossen hatte, kam der Hausmeister herein. Er war ganz außer Atem. »Miss!« rief er aufgeregt. »Der Kerl ist wieder draußen – soll ich die Polizei holen?«

»Welcher Kerl?« fragte Wembury schnell. »Meinen Sie den Mann mit dem Bart?«

»Jawohl, Sir. Glauben Sie nicht, daß wir einen Polizisten holen sollten?« Der Hausmeister wußte nicht, daß Wembury Polizeibeamter war. »Am Ende der Straße steht einer auf Posten.«

Wembury stürzte an ihm vorbei und eilte die Treppe hinunter. Auf der gegenüberliegenden Straßenseite sah er im Dunkeln einen Mann stehen, der keinen Versuch machte, zu verschwinden, sondern im Gegenteil ins volle Licht der Straßenlampe trat. Marys Annahme stimmte. Es war Bliss.

»Guten Abend, Inspektor Wembury!« grüßte Bliss trocken.

»In Miss Lenleys Wohnung ist eingebrochen worden«, überfiel ihn Wembury ohne irgendeine Einleitung. »Ich habe guten Grund, anzunehmen, daß Sie es waren, Mr. Bliss!«

»In Miss Lenleys Wohnung eingebrochen?« Der Hauptinspektor schien sich darüber zu amüsieren. »Sehe ich wie ein Einbrecher aus?«

»Ich weiß nicht, wie Sie aussehen – jedenfalls hat man Sie kurz vor dem Dunkelwerden im Hof beobachtet, wie Sie sich den Aufzug ansahen. Es ist keine Frage, daß sich der Mann, der in Miss Lenleys Wohnung eindrang, auf diese Weise Einlaß verschaffte.«

»In diesem Fall«, meinte Bliss, »müßten Sie mich eigentlich auf Ihre kleine Polizeiwache mitnehmen und dort Ihre Anklage vorbringen. Bevor Sie dies tun, will ich Ihnen aber gestehen, daß ich dieses verfluchte Drahtseil hochgeklettert bin, das Fenster gewaltsam geöffnet und die Wohnung durchsucht habe. Was ich zu finden hoffte, habe ich nicht gefunden. Der Mann, der vor mir da gewesen war, hatte es bereits abgeholt.«

»Ist das die Erklärung?« fragte Wembury. »Jemand war schon vor Ihnen in der Wohnung?«

»Jawohl – und eine wahrheitsgemäße Erklärung dazu. Ich bin das Seil hochgeklettert, als ich feststellen mußte, daß schon ein anderer diesen Weg genommen hatte. Ihre Informatoren werden Ihnen zweifellos bestätigen können, daß ich zuvor die Treppe benützte und an Miss Lenleys Tür klopfte. Erst als dies zu nichts führte, entschloß ich mich, mir auf dem gleichen Weg Zugang zu verschaffen wie der Eindringling vor mir. Befriedigt Sie das, Mr. Wembury? Oder glauben Sie, daß ich als Polizeibeamter meine Befugnisse überschritten habe, indem ich einen Einbrecher verfolgte?«

Wenn die Geschichte stimmte, die Bliss erzählte, hatte sein Vorgehen eine gewisse Berechtigung. Aber ob sie stimmte?

»Haben Sie die Schubladen durchwühlt?«

»Nein, man ist mir hierin zuvorgekommen. Ich öffnete eine Schublade, und aus dem Durcheinander schloß ich, daß mein Vorgänger die Durchsuchung schon vorgenommen hatte. Haben Sie noch weitere Fragen?«

»Nein, danke«, sagte Alan kurz.

»Und Sie wollen mich nicht Ihren Vorgesetzten vorstellen? Gut. Dann ist meine Anwesenheit vorläufig überflüssig.«

Mit einem Achselzucken drehte er sich um und ging langsam den Gehsteig entlang.

Alan kehrte zu Mary zurück und erzählte ihr von seiner Unterredung mit Bliss.

»Wenn es stimmt, was er gesagt hat, muß er über den Vorfall Bericht erstatten. Wenn er lügt, werden wir nichts mehr darüber hören.«

Als Wembury auf die Polizeiwache zurückkehrte, war er erstaunt zu hören, daß Bliss tatsächlich den Einbruch gemeldet und genaue Zeitangaben gemacht hatte. Und außerdem hatte Bliss erwähnt, daß Wembury den Fall übernommen habe.

Wenn also Bliss wahrheitsgemäß Bericht erstattet hatte, wer war der erste Mann gewesen, der am Seil hinaufkletterte? Und welchen anderen Grund könnte er gehabt haben, in Mary Lenleys Wohnung einzudringen, als nach der Geheimschrift zu suchen? Es mußte der Hexer gewesen sein!

20

Zwei Fragen tauchten am nächsten Morgen vor Mary Lenley auf. Sollte sie Maurice sagen – erstens, daß sie mit Alan Wembury ausgegangen, und zweitens, daß bei ihr eingebrochen worden war?

Messer war noch nicht aus seinem Zimmer heruntergekommen, als sie eintraf. Samuel Hackitt, der nun zum Messerschen Haushalt gehörte, putzte gemächlich die Fenster. Vor einigen Tagen hatte er seinen Dienst angetreten, und Mary mochte den Mann ganz gern.

»Guten Morgen, Miss!« Er hob die Hand zu der Stelle, wo sich sonst der Schirm seiner Mütze befand. »Der alte Herr ist noch im Bett. Der Herr segne seinen Schlaf!«

Als Mary darauf nicht einging, klopfte Hackitt mit dem Handknöchel an die Täfelung.

»Hohl«, stellte er fest. »Das ist eher ein Karnickelstall als ein Haus.«

Mr. Messers Haus war in den Tagen erbaut worden, als Peter der Große sich in Deptford aufhielt. Mary teilte Sam diese historische Tatsache mit, die jedoch absolut keinen Eindruck auf ihn machte.

»Ich habe Peter nicht gekannt. War er König? Das klingt wie eine Lüge von Messer.«

»Das ist Geschichte, Sam!« sagte sie streng, während sie die Schreibmaschine abstaubte.

»Morgen gehe ich zu Scotland Yard, Miss«, schwatzte Hackitt weiter. »Ich war noch nie dort, nehme aber an, daß es genauso wie auf jedem anderen Polizeirevier ist – ein Stuhl, ein Tisch, ein Paar Handschellen und ein Haufen meineidige Lügner!«

In diesem Augenblick trat Messer ein und unterbrach Hackitts Betrachtungen. In mürrischem Ton schickte er seinen Diener hinaus. Als er mit Mary allein war, beklagte er sich, daß er schlecht geschlafen habe.

»Wo waren Sie gestern?« setzte er ihr gleich darauf zu.

Sie benützte die Gelegenheit, um ihn abzulenken, und erzählte ihm von dem Einbruch, verschwieg aber den gestohlenen

Brief. Er hörte erstaunt zu. Als sie die Unterredung zwischen Wembury und Inspektor Bliss erwähnte, rief er aus:

»Bliss? Das ist seltsam!« Er stand auf, seine Augen schlossen sich ein wenig, als blicke er in grelles Licht. »Bliss ... Ich habe ihn jahrelang nicht gesehen. Er war in Amerika. Ein tüchtiger Mensch ... Bliss – hm!«

»Aber – finden Sie es nicht auch sehr merkwürdig, daß er, und vor ihm schon jemand anders, in meine Wohnung hinaufkletterte? Was glaubten sie zu finden?«

»Ich weiß es nicht. Bliss suchte etwas in Ihrem Zimmer. Die Geschichte von dem andern Mann klingt faul.«

»Trotzdem – was konnte er suchen?« fragte sie eindringlich.

Messer schwieg.

Bliss! Er hatte in Deptford nichts zu suchen, falls nicht ...

Er stand vor einem Rätsel und war besorgt. Das Erscheinen dieses Mannes in Deptford konnte nur auf ein außerordentliches Ereignis hindeuten. In den letzten drei Monaten war im Bezirk nichts Besonderes vorgefallen, und Messer, der seine Finger in mehr Sachen hatte, als seine ärgsten Feinde es ihm zutrauten, wußte, daß kein Diebstahl begangen worden war, der Scotland Yard veranlassen konnte, einen der besten Beamten mit einer unabhängigen Untersuchung zu beauftragen.

Messer nahm sein einfaches Frühstück gewöhnlich im Privatbüro ein. Wie sonst bestand es auch an diesem Morgen aus einer Tasse Kaffee, einigen Früchten und Keksen. Er öffnete die Zeitungen, die neben ihm lagen, und blätterte sie gemächlich durch. Ein Titel am Kopf einer Spalte fesselte seine Aufmerksamkeit: ›Aufstand im Gefängnis - Sträfling rettet dem stellvertretenden Direktor das Leben‹. Er überflog den Artikel in aller Eile, da er auf einen bekannten Namen zu stoßen hoffte, doch der betreffende Gefangene wurde, wie in solchen Fällen üblich, nicht genannt. In einem Gefängnis in der Provinz war ein Aufstand ausgebrochen. Die Anführer hatten einen Wärter niedergeschlagen und ihm die Schlüssel abgenommen. Sie hätten den dazukommenden Stellvertreter des Direktors getötet, wenn ihn nicht ein Sträfling mit einem Besenstiel verteidigt hätte, bis bewaffnete Wärter erschienen. Maurice spitzte die Lippen und lächelte. Er überlegte, welche Belohnung der tapfere Sträfling erhalten würde. Wahrscheinlich eine höhere, als er verdiente.

Hackitt kam herein, um das Frühstücksgeschirr abzuräumen. Er las über Messers Schulter hinweg den Bericht.

»Der stellvertretende Direktor ist ein netter Kerl!« sagte er. »Ich möchte wissen, was die Jungen gegen ihn hatten. Die Wärter allerdings taugen alle nichts.«

Messer schaute ihn kalt an.

»Hackitt, wenn Sie Ihre Stelle behalten wollen, dürfen Sie nicht sprechen, ohne gefragt zu werden.«

»Verzeihung!« brummte Hackitt gutmütig. »Ich bin von Natur aus so veranlagt.«

»Dann lassen Sie Ihre Geschwätzigkeit an jemand anderem aus!« fuhr ihn Messer an.

Sam verließ mit dem Tablett das Zimmer, kehrte jedoch nach wenigen Minuten mit einem länglichen, gelben Kuvert zurück. Messer riß ihm den Brief aus der Hand und überflog die Aufschriften. Der Umschlag trug den Vermerk: ›Sehr eilig und vertraulich!‹ und den Stempel von Scotland Yard.

»Wer hat dies gebracht?« fragte er.

»Ein Polyp«, antwortete Sam unbefangen.

Messer wies auf die Tür.

»Sie können gehen.«

Er wartete, bis sich die Tür hinter Hackitt geschlossen hatte. Dann öffnete er den Brief. Seine Hand zitterte.

›Sir,
ich habe die Ehre, Sie zu benachrichtigen, daß der Kommissar, Oberst Walford, C. B., Sie morgen vormittags um halb zwölf in seinem Büro in Scotland Yard zu sprechen wünscht. Die Angelegenheit ist sehr wichtig, und der Kommissar besteht darauf, daß Sie der Vorladung unbedingt Folge leisten. Sollte es Ihnen nicht möglich sein, zur angegebenen Zeit zu erscheinen, bitte ich um telefonische Nachricht.
In dieser Erwartung . . .‹

Eine Vorladung von Scotland Yard! Die erste, die Messer je erhalten hatte. Was bedeutete sie?

Er öffnete einen kleinen Wandschrank, nahm eine Weinbrandflasche heraus und goß ein Glas voll. Er ärgerte sich, weil seine Hand zitterte. Was wußte Scotland Yard? Was wollten sie wissen? Seine Zukunft, sogar seine Freiheit hingen von der Beantwortung dieser Frage ab. Aber diese Frage war gar nicht so leicht zu beantworten.

21

Am nächsten Morgen kam Mary, wie Messer es gewünscht hatte, zeitiger ins Büro. Sie war erstaunt, daß Maurice schon aufgestanden war. Als sie eintrat, ging er, die Hände auf dem Rücken, im Zimmer auf und ab.

»Ich muß nach Scotland Yard«, berichtete er, »und dachte ...« Er zwang sich zu lächeln. »Vielleicht wollen Sie mich begleiten? Nicht in den Yard«, setzte er hastig hinzu, als er die Abneigung in ihrem Gesicht bemerkte. »Sie können in einer Konditorei oder sonstwo auf mich warten.«

»Aber warum nur, Maurice?« Seine Aufforderung kam ihr merkwürdig vor.

»Wenn Sie nicht mitzugehen wünschen, ist es nicht nötig, meine Liebe«, erwiderte er kurz. Fragen zu beantworten, war nicht seine Stärke. Doch änderte er sofort den Ton. »Ich möchte mit Ihnen über einige Dinge sprechen – Geschäftsangelegenheiten, bei denen ich Ihre Hilfe brauche.« Er trat an den Schreibtisch und nahm ein Schriftstück auf. »Hier sind die Namen und Adressen einer Anzahl von Leuten. Ich möchte, daß Sie diese Liste in Ihrer Handtasche aufheben. Die aufgeführten Herren sind zu benachrichtigen – ich meine, wenn es nötig sein sollte.«

Er konnte ihr nicht gestehen, daß er eine ruhelose Nacht verbracht hatte, und er konnte sie auch nicht wissen lassen, daß es sich bei den Namen, die er nach reiflicher Überlegung aufgeschrieben hatte, um wichtige Persönlichkeiten handelte, die für ihn unter gewissen Umständen bürgen konnten.

»Ich weiß nicht, was man von mir in Scotland Yard will«, bemerkte er und versuchte, unbekümmert zu erscheinen. »Vermutlich ist es eine geringfügige Angelegenheit, die sicher mit einem Klienten zusammenhängt.«

»Läßt man Sie oft kommen?« fragte sie arglos.

»Nein, es ist noch nie vorgekommen. Überhaupt ist es ganz ungewöhnlich, daß ein Rechtsanwalt vorgeladen wird.«

Messer besaß kein eigenes Auto. Keine Garage in der Nähe konnte ihm einen Wagen stellen, der seinem Geschmack genügte. Ein Rolls-Royce, den ihm schließlich ein Unternehmen im Westend schickte, war das Neueste und Vornehmste, was aufzutreiben war. Als sie damit losfuhren, standen die Bewohner der Flanders Lane voll Bewunderung und Neid vor den Haustüren. Messers Nervosität nahm zu, je weiter sie sich von Deptford entfernten. Er schwieg. Mary fragte ihn, ob er den Gefängnisbericht in der Zeitung gelesen hätte.

»Aufstand im Gefängnis?« fragte er zerstreut. »Nein – ja. Warum?«

»Es ist die Anstalt, in der Johnny ist. Es macht mir Sorge – Johnny ist so hitzköpfig. Wahrscheinlich hat er sich in etwas Dummes eingelassen. Kann man es nicht ausfindig machen?«

Messer zeigte plötzlich Interesse.

»Ist Johnny dort? Daran hatte ich nicht gedacht. Ja, meine Liebe, das können wir ausfindig machen.«

Diese Frage schien ihn die ganze Zeit beschäftigt zu haben, denn als sie über die Westminsterbrücke fuhren, kam er darauf zurück.

»Ich hoffe nicht, daß Johnny darin verwickelt ist – damit hätte er sich die vorzeitige Entlassung verscherzt.«

Bevor sie noch die verhängnisvolle Bedeutung dieser Bemerkung richtig verstanden hatte, hielt der Wagen schon vor dem Eingang von Scotland Yard.

»Vielleicht wollen Sie im Wagen warten?«

»Wie lange wird es dauern?«

Mr. Messer hätte viel darum gegeben, wenn er diese Frage, wenigstens ungefähr, hätte beantworten können.

»Ich weiß es nicht. Die Beamten sind bequeme Leute. Sie können tun, was sie wollen.«

Während er noch mit Mary sprach, sah er einen Mann von der Straßenbahn abspringen; er kam gemächlich über die Straße und ging auf das große, gewölbte Eingangstor von Scotland Yard zu.

»Hackitt?« rief Messer erstaunt aus. »Er hat mir nicht gesagt, daß er auch kommt. Vorhin brachte er mir noch das Frühstück!«

Sein Gesicht zuckte. Mary war verblüfft, daß eine so geringfügige Sache einen so starken Eindruck auf ihn machen konnte. Er nickte und entfernte sich, ohne sie nochmals anzusehen.

Vor dem Eingang blieb er einen Augenblick stehen. Was wußte Hackitt über ihn? Was konnte er aussagen? Als er den Mann bei sich anstellte, geschah es nicht etwa aus Mitleid, sondern weil er eine billige Arbeitskraft bekam. Vielleicht aber stand Hackitt im Sold der Polizei – ein Spitzel, der in sein Haus geschickt worden war, um seine Geheimnisse auszuspionieren, in seinen Papieren zu wühlen, die verschlossenen Keller- und Dachräume zu durchsuchen?

Mary entschloß sich, die Wartezeit im Wagen zu verbringen. Sie überlegte, ob Alan Wembury wohl auch im Yard zu tun habe. Während sie noch diesem Gedanken nachhing, ging er tatsächlich mit großen Schritten am Wagen vorbei. Er drehte sich rasch um, als er ihre Stimme hörte.

»Mary!« Sein Gesicht strahlte. »Was machen Sie hier? Sind Sie mit Messer gekommen?«

»Wußten Sie denn, daß er vorgeladen wurde?«

»Ja.« Er lachte. »Haben Sie zufällig Mr. Hackitt mitgebracht?«

»Nein, Maurice wußte gar nicht, daß man Hackitt auch vorgeladen hat – ich glaube, es beunruhigte ihn. Was steckt eigentlich dahinter, Alan?«

Er lachte wieder, ohne zu antworten.

Gleich vor ihnen hielt geräuschlos ein hübscher kleiner Wagen. Ein Chauffeur sprang heraus und öffnete die Wagentür. Eine Frau stieg aus. Sie warf einen Blick auf das Gebäude und ging dann auf das Tor zu. Obwohl es noch früh am Morgen, und die Straße voller Leute war, hielt sie eine brennende Zigarette in der behandschuhten Hand.

»Eine etwas auffällige Dame, nicht wahr? Und eine alte Bekannte von Ihnen!«

»Mrs. Milton!« rief Mary erstaunt.

»Jawohl, Mrs. Milton! Ich muß jetzt hinein.« Er nahm für einen Augenblick ihre Hand in die seine und schaute ihr in die Augen. »Sie wissen doch, wo ich zu finden bin?« fragte er leise. Bevor sie etwas erwidern konnte, war er verschwunden.

Auf Anordnung eines Polizisten mußte der Chauffeur mit dem Wagen etwas weiter vom Eingang entfernt warten.

Auf einmal fühlte Mary, daß sie beobachtet wurde. Sie drehte den Kopf und blickte in ein Paar freundliche Augen, die unter buschigen Augenbrauen hervorsahen. Neben dem Wagen stand eine große, gebeugte Gestalt. Der Mann, der einen ungewöhnlichen, braunen Filzhut auf dem weißen Haarschopf trug, wollte anscheinend mit ihr sprechen. Sie öffnete die Wagentür und stieg aus.

»Sie sind Miss Lenley, wenn ich mich nicht irre? Mein Name ist Lomond.«

»Oh, Dr. Lomond!« sagte sie erfreut. »Das habe ich mir gedacht.«

»Aber, liebes Fräulein, Sie haben mich noch nie gesehen!«

»Alan – Mr. Wembury hat Sie mir beschrieben . . .«

Er lachte belustigt.

»Neugierig sind Sie offenbar nicht? Sonst würden Sie mich fragen, woher ich Sie kenne!« Er schaute zum Gebäude von Scotland Yard hinüber. »Ein trauriger, trüber Platz, mein Fräulein! Sind Sie etwa geschäftlich herbestellt worden?«

Während er sprach, suchte er etwas in seinen Taschen. Endlich zog er eine silberne Tabaksdose heraus und begann sich eine Zigarette zu drehen.

»Ich würde Sie gern öfters treffen, Miss Lenley. Vielleicht werde ich Sie einmal besuchen, dann wollen wir etwas plaudern. Was meinen Sie?«

»Ich würde mich freuen, Doktor!« antwortete sie aufrichtig.

Der alte Mann gefiel ihr. Es ging eine jugendliche Heiterkeit von ihm aus, die erwärmte.

22

Hauptinspektor Bliss verschwand rasch im Steinportal von Scotland Yard. Den Gruß des wachhabenden Beamten beachtete er kaum. Eilig ging er durch den gewölbten Gang zum Zimmer des Chefs. Dieser schmächtige Mann mit den nervösen Bewegungen forderte den Respekt seiner Untergebenen, ohne auf ihre Zuneigung Wert zu legen.

»Das ist Mr. Bliss!« sagte ein Polizeibeamter zu einem jüngeren Kollegen. »Gehen Sie ihm aus dem Weg! Bevor er nach Amerika ging, war er schon schlimm – aber jetzt ist er unausstehlich!«

Messer, der in einem der vielen Wartezimmer saß, legte seine Stirn in Falten, als er Bliss vorbeigehen sah. Der Gang dieses Mannes kam ihm sehr bekannt vor. Und auch Sam Hackitt, der entlassene Strafgefangene, der in Begleitung eines Polizeibeamten im Korridor auf und ab ging, kratzte nachdenklich an seiner Nase und wunderte sich, wo er dieses Gesicht schon gesehen hatte.

Mr. Bliss öffnete die Tür zum Zimmer des Chefs und trat ein. Wembury, der vor dem großen Doppelfenster wartete, wandte sich um und nickte. Bei jeder neuen Begegnung gefiel ihm der Hauptinspektor weniger.

Bliss trat zum Pult in der Mitte des Zimmers, nahm irgendein Papier auf und las es durch. Er warf es wieder auf den Tisch und wandte den Kopf zu Wembury.

»Warum hält eigentlich der Kommissar dieses Verhör ab?« fragte er ungeduldig. »Seit ich wegging, hat sich hier manches geändert.«

»Der Chef hat die Sache in Bearbeitung. Da er aber krank ist, führt Oberst Walford das Verhör durch.«

»Warum gerade Walford?« brummte Bliss.

Wembury hatte gewußt, daß er an diesem Morgen Bliss treffen würde, und beabsichtigt, ihn über den geheimnisvollen Besuch in Malpas Mansions zu befragen. Doch Bliss schien wenig Lust zu einer Unterhaltung zu haben.

»Die Sache ist sehr wichtig. Wenn der Hexer zurückgekehrt ist – und die Hauptstelle ist ziemlich sicher, daß er . . .«

Bliss lachte verächtlich.

»Der Hexer!« Er überlegte einen Moment und fragte: »Wer ist der Mann, der ihn zu kennen behauptet?«

»Hackitt.«

»Hackitt! Glauben Sie, daß Hackitt etwas über ihn weiß? Man ist bei Scotland Yard sehr leichtgläubig geworden!«

»Er behauptete, er würde ihn erkennen.«

»Blödsinn!« antwortete Bliss. Sein ganzes Benehmen war beleidigend.

»Dr. Lomond meint ...«, begann Wembury, wurde aber sogleich durch den aufbrausenden Hauptinspektor unterbrochen.

»Ich will nicht wissen, was ein Polizeiarzt meint! Der Mann besitzt eine kolossale Frechheit! Er wollte mir vorschreiben, was ich zu tun hätte.«

Wembury hatte nicht gewußt, daß der ruhige Lomond mit dem streitsüchtigen Bliss zusammengestoßen war.

»Er ist ein gescheiter Mann«, stellte er ruhig fest.

Bliss hob ein Buch vom Tisch hoch.

»Das will er uns auch in seinem Buch weismachen – was Ihnen wohl imponiert! Ich bin zwei Jahre in Amerika, dem eigentlichen Sitz dieses anthropologischen Blödsinns, gewesen. Ich habe Verrückte getroffen, die mehr wußten als Lomond.« Er schlug mit dem Buch auf den Tisch. »Angenommen, Hackitt bleibt bei seiner Behauptung, den Hexer zu kennen – wer wird ihn außerdem noch identifizieren?«

»Sie. Soviel ich weiß, haben Sie versucht, ihn nach der Attaman-Sache festzunehmen.«

Bliss schaute Alan scharf an.

»Ich? Ich habe den Kerl nie gesehen. Als ich ihn greifen wollte, drehte er mir den Rücken zu. Ich legte gerade meine Hände an ihn – da stak auch schon ein Dolch vier Zoll tief in mir. Wer hat ihn gesehen?«

»Messer?« mutmaßte Wembury, doch der Hauptinspektor runzelte die Stirn.

»Ich möchte wetten, daß Messer ihn nie so, wie er wirklich aussieht, gesehen hat. Dazu schnupft er zuviel Koks! Der Hexer ist gewandt, das muß ich zugeben. Ich wünschte, ich hätte Washington nie verlassen – dort hatte ich einen ruhigen Posten.«

»Sie scheinen sich hier nicht recht glücklich zu fühlen?« fragte Wembury spöttisch.

»Sie hätte man dort behalten!« brauste Bliss auf. »Mich braucht man in Scotland Yard!«

Obschon er sich ärgerte, lachte Alan doch.

»Gegen Ihre Manieren läßt sich nichts sagen – doch Ihre Bescheidenheit geht zu weit!«

Bliss ließ sich nicht reizen. Er las das Titelblatt des Buches, das er in der Hand hielt, und wollte gerade eine Bemerkung über Dr. Lomond und seine anthropologischen Studien machen, da trat Oberst Walford ein.

»Meine Herren, es tut mir leid, daß Sie warten mußten«, entschuldigte er sich heiter. »Guten Morgen, Bliss!«

»Guten Morgen, Sir!«

»Hackitt wartet draußen«, meldete Wembury.

»Sie glauben doch nicht etwa, daß er den Hexer kennt?« warf Bliss verächtlich dazwischen.

»Offen gesagt, nein«, stimmte Walford bei. »Aber da er aus Deptford stammt, besteht eine geringe Möglichkeit, daß er die Wahrheit spricht. Lassen Sie ihn hereinkommen, Wembury! Ich will nur schnell zum Oberkommissar gehen und ihm sagen, daß ich die Vernehmung abhalte.«

Als der Oberst das Zimmer verlassen hatte, sagte Bliss:

»Hackitt! Ich kenne ihn. Vor fünf oder sechs Jahren verschaffte ich ihm achtzehn Monate für einen Einbruch – das ist ein unverbesserlicher Lügner!«

Zwei Minuten später wurde Sam hereingeführt. Mr. Samuel Cuthbert Hackitt war ein unverwüstlicher Londoner.

Alan nickte ihm grinsend zu.

»Sie kennen doch Mr. Bliss?«

Sam musterte bedächtig den Hauptinspektor.

»Bliss?« Seine Stirn legte sich in Falten. »Haben Sie sich nicht etwas verändert? Woher haben Sie Ihren Bart?«

»Halten Sie den Mund!« fuhr ihn Bliss an.

Sam verzog das Gesicht.

»Daran erkenne ich Sie wieder, Sir.«

»Vergessen Sie nicht, wo Sie sind, Hackitt!« sagte Alan.

Der Kommissar kam zurück.

»Guten Morgen, Sir!« begrüßte ihn Sam leutselig. »Sie haben hier eine feine Gesellschaft, lauter Diebe und Mörder.«

Oberst Walford unterdrückte ein Lächeln. Er öffnete eine Mappe.

»Hackitt, Sie sagten einmal aus, daß Sie den Hexer, wenn auch nur für eine Sekunde, gesehen hätten und wüßten, wo er wohnte. Stimmt das?«

»Jawohl, Sir! Ich wohnte im gleichen Haus mit ihm.«

»Oh, dann wissen Sie also, wie er aussieht?«

»Wie er aussah –«, verbesserte Sam. »Er ist ja tot – in Australien ertrunken.«

Oberst Walford schüttelte den Kopf. Hackitt starrte ihn mit offenem Munde an. Alan bemerkte, wie sich seine Gesichtsfarbe veränderte.

»Nicht tot? Der Hexer lebt? Guten Morgen – ich danke bestens!« Er wandte sich um und wollte gehen.

»Was wissen Sie über ihn?«

»Gar nichts!« antwortete Hackitt mit Nachdruck. »Ich will Ihnen die Wahrheit sagen, ohne alle Flausen. Einen toten Mann zu verpfeifen ist etwas ganz anderes als einen lebendigen Hexer – darauf können Sie sich verlassen! Ich weiß etwas über den Hexer, nicht viel, nur ein bißchen. Aber das bißchen werde ich nicht sagen. Warum? Ich komme aus dem Knast, Messer hat mir eine Beschäftigung gegeben, ich möchte jetzt ein friedliches Leben führen, ohne von irgendwem belästigt zu werden.«

»Sie sind verrückt, Hackitt!« rief der Kommissar. »Wenn Sie uns helfen, können wir auch Ihnen helfen.«

»Können Sie mich lebendig machen, wenn ich tot bin?« fragte Sam hämisch. »Ich verpfeife den Hexer nicht!«

»Weil Sie überhaupt nichts wissen«, stichelte Bliss.

»Was Sie glauben, interessiert mich nicht«, knurrte Sam.

»Heraus damit – wenn Sie etwas wissen, sagen Sie es dem Kommissar! Was fürchten Sie denn?«

»Das gleiche wie Sie! Sie hat er einmal beinah erwischt. Ah! Da lachen Sie nicht. Es tut mir leid, aber ich bin nur infolge eines Mißverständnisses hier. Guten Tag allerseits!« Er wollte gehen.

»Warten Sie!« befahl Bliss.

»Lassen Sie ihn nur gehen!« Der Kommissar winkte, Hackitt sollte verschwinden.

»Er hat den Hexer nie gesehen!« behauptete Bliss, als Sam draußen war.

»Ich kann Ihnen nicht zustimmen«, widersprach Walford. »Sein ganzes Benehmen läßt eher das Gegenteil vermuten. – Ist Messer hier?«

»Ja, Sir, er ist im Wartezimmer«, erwiderte Alan.

23

Wenige Sekunden später kam Maurice Messer herein. Als er das Zimmer betrat, sah er erst in auffälliger Weise auf die Uhr, dann von einem zum andern. Zuletzt blickte er fragend auf Walford.

»Ich glaube, hier liegt ein Irrtum vor. Ich dachte, der Chef wollte mich sprechen?«

»Ja, doch leider ist er krank – ich vertrete ihn.«

»Ich bin für halb zwölf Uhr geladen worden, es ist jetzt ...« Er sah wieder auf die Uhr. »Zwölf Uhr neunundvierzig! Ich muß vor dem Greenwich-Polizeigericht einen armen Teufel verteidigen.«

»Es tut mir leid, daß Sie warten mußten«, entschuldigte sich Oberst Walford kühl. »Nehmen Sie Platz!«

Messer legte Stock und Hut auf den Tisch und setzte sich. Bliss anblickend, sagte er:

»Ihr Gesicht kommt mir bekannt vor.«

»Mein Name ist Bliss.«

Also das war Bliss! Messer hielt den herausfordernden Blick des Hauptinspektors nicht aus und wandte sich ab.

»Bedaure – ich glaubte, Sie zu kennen.« Messer zog seine Handschuhe aus. »Ist es nicht ungewöhnlich, einen Anwalt nach Scotland Yard kommen zu lassen?« fragte er.

Der Kommissar lehnte sich im Stuhl zurück. Er hatte schon mit gerisseneren Leuten zu tun gehabt als mit Maurice Messer.

»Mr. Messer, ich habe Sie vorgeladen, weil ich mit Ihnen ganz offen sprechen wollte ...«

Zwischen Messers Augenbrauen erschien eine Falte.

»›Vorgeladen‹ ist ein Wort, das ich nicht schätze, Mr. ...«

»Walford.«

»Oberst Walford!« verbesserte Alan.

Der Oberst nahm einen Notizblock und überflog einige Notizen.

»Mr. Messer«, begann er, »Sie sind Anwalt und besitzen in Deptford eine große Praxis?«

Messer nickte.

»Im ganzen Süden von London gibt es keinen Dieb, der nicht Mr. Messer aus der Flanders Lane kennt. Sie sind sowohl als Verteidiger von aussichtslosen Sachen als auch – hm, als Wohltäter bekannt.«

Messer nickte erneut, als wollte er sich für das Kompliment bedanken.

»Ein Mann begeht einen Einbruch und entwischt. Später wird er festgenommen, die gestohlenen Sachen werden nicht gefunden – anscheinend ist er mittellos. Und doch vertreten Sie ihn nicht nur vor dem Polizeigericht und nehmen zur Verhandlung im Old Bailey die hervorragendsten Verteidiger, sondern unterstützen auch, während der Mann im Gefängnis sitzt, seine Familie.«

»Aus Menschenfreundlichkeit! Stehe ich – stehe ich denn unter Verdacht, weil ich diesen – diesen unglücklichen Leuten helfe? Ich will nicht, daß die Frauen und Kinder für die Fehler ihrer Männer und Väter büßen müssen«, beteuerte Messer mit tugendhaftem Pathos.

Bliss hatte inzwischen das Zimmer verlassen.

»Mr. Messer, ich habe Sie nicht vorgeladen, um zu erfahren, wieviel Geld Sie jede Woche verteilen, oder woher es stammt. Ich wollte auch nicht andeuten, daß jemand, der mit Gefangenen beruflich verkehrt, wisse, wo die gestohlenen Sachen versteckt sind ...«

»Das freut mich, Oberst!« Allmählich gewann Messer seine Fassung und sein Selbstbewußtsein zurück. Gefahr war im Anzug. Er mußte einen kühlen Kopf behalten. »Wenn Sie etwas Derartiges glaubten, täte es mir außerordentlich ...«

»Ich sagte Ihnen, daß dies nicht der Fall ist. Ich bin nicht neugierig. Manchmal unterstützen Sie Ihre Klienten nicht nur mit Geld, sondern stellen sie bei sich an?«

»Ich helfe ihnen auf diese oder jene Weise«, gab Messer bescheiden zu. Der Oberst sah ihn aufmerksam an.

»Und wenn zum Beispiel ein Sträfling eine hübsche Schwester hat, stellen Sie sie bei sich an. Sie haben doch jetzt eine Sekretärin, eine Miss Lenley?«

»Ja.«

»Ihr Bruder hat drei Jahre erhalten, auf eine Information hin, die Sie der Polizei zugehen ließen!«

Messer zuckte die Achseln.

»Es war meine Pflicht. Ich mag Fehler haben, aber meiner Bürgerpflicht komme ich nach.«

»Vor zwei Jahren«, fuhr Walford langsam fort, »hatte sie eine Vorgängerin, ein Mädchen, das später ertrunken aufgefunden wurde.« Er wartete und fragte, als keine Antwort kam: »Haben Sie mich verstanden?«

»Ja, durchaus. Eine traurige Geschichte - nie in meinem Leben habe ich etwas so sehr bedauert. Ich möchte gar nicht mehr daran denken.«

»Das Mädchen hieß Gwenda Milton und war die Schwester von Henry Arthur Milton, auch bekannt als – der Hexer!«

In Walfords Ton lag etwas Bedrohliches. Auf Messers Gesicht erschienen zwei rote Flecken. Er sah den Oberst fragend an.

»Er ist der unheimlichste und gefährlichste Verbrecher, mit dem wir je zu tun hatten.«

»Und niemand hat ihn fassen können, Oberst – niemand!« schrie Messer hysterisch. »Als er durch Paris fuhr, wußte es die Polizei auf die Minute genau – und ließ ihn durch die Finger schlüpfen. Sämtliche Polizisten in England und Australien konnten ihn nicht verhaften.« Er hielt inne, hatte sich sogleich wieder in der Gewalt und sprach höflich wie immer. »Ich will nichts gegen die Polizei sagen. Als Steuerzahler bin ich stolz auf sie - dennoch steht fest, daß sie hier versagt hat.«

»Man hätte ihn eigentlich fassen müssen«, räumte der Oberst ein. »Doch darauf kommt es hier nicht an. Ob der Hexer Ihnen sein Geld anvertraut hat, weiß ich nicht - jedenfalls vertraute er Ihnen seine Schwester an.«

»Ich habe sie gut behandelt«, beteuerte Messer. »Ist es meine Schuld, daß sie starb? Habe ich sie in den Fluß geworfen? Seien Sie doch vernünftig, Oberst!«

»Warum hat sie ihrem Leben ein Ende gemacht?« fragte Walford eindringlich.

»Wie soll ich das wissen? Ich konnte nicht ahnen, daß sie Sorgen hatte. Gott soll mein Richter sein.«

Der Oberst winkte ab.

»Und doch hatten Sie alle Vorbereitungen für sie in einer Klinik getroffen!«

Messer wurde blaß.

»Das ist eine Lüge!«

»Bei der Gerichtsverhandlung wurde allerdings nicht darüber gesprochen. Doch Scotland Yard weiß Bescheid, und vielleicht auch – Henry Milton!«

Messer verzog abschätzig das Gesicht.

»Wie kann er es wissen, wenn er tot ist? Er ist in Australien umgekommen.«

Eine Pause entstand. Dann sagte Oberst Walford:

»Der Hexer lebt – er ist hier!«

Messer sprang auf, selbst seine Lippen waren weiß.

»Der Hexer ist hier? Ist das Ihr Ernst?«

Der Kommissar nickte nur.

»Das kann unmöglich wahr sein. Er würde es nicht wagen, hierherzukommen. Sie scherzen, Oberst!«

»Er ist hier – ich habe Sie hergebeten, um Sie zu warnen.«

»Warum mich warnen?« fragte Messer. »Ich habe ihn nie in meinem Leben gesehen, ich weiß nicht einmal, wie er aussieht. Ich kannte das Mädchen, das mit ihm befreundet war, eine Amerikanerin. Wo ist sie? Wo sie ist, ist auch er.«

»Sie ist in London, und im Augenblick in diesem Gebäude.«

Messer riß die Augen weit auf.

»Hier? Der Hexer würde es nicht wagen!« Mit großer Heftigkeit stieß er hervor: »Wenn Sie wissen, daß er in London ist, warum fassen Sie ihn nicht? Der Mann ist wahnsinnig. Wozu sind Sie denn da? Um die Leute zu beschützen – um auch mich zu beschützen! Können Sie ihn etwa nicht ausfindig machen? Können Sie ihn nicht wissen lassen, daß ich nichts über seine Schwester weiß, daß ich wie ein Vater zu ihr gewesen bin? Wembury, Sie wissen, daß ich nichts mit dem Tod dieses Mädchens zu tun hatte!«

Alan, an den er sich gewandt hatte, antwortete kalt:

»Davon weiß ich nichts. Ich weiß nur, daß, wenn Mary Lenley etwas zustoßen sollte, ich ...«

»Wollen Sie mir drohen?« rief Messer. »Der Hexer! Pah! Man hat Sie zum Narren gehalten. Davon müßte auch ich etwas gehört haben. In Deptford fällt kein Vogel vom Dach, ohne daß ich es erfahre. Wer hat ihn gesehen?«

»Messer, ich habe Sie gewarnt!« Walford drückte auf einen Klingelknopf. »Lassen Sie an Ihren Fenstern Eisengitter anbringen, öffnen Sie nach Dunkelwerden niemandem mehr, und verlassen Sie nachts das Haus nur in Begleitung von Polizeibeamten!« In diesem Augenblick trat Inspektor Bliss wieder ein.

»Bliss – ich glaube, Mr. Messer braucht ein wenig Schutz. Ich gebe ihn in Ihre Obhut. Wachen Sie über ihn wie ein Vater!«

Die dunklen Augen des Hauptinspektors folgten dem Rechtsanwalt, als er sich erhob und sich zum Gehen anschickte.

»An dem Tag, an dem Sie ihn festnehmen, stifte ich tausend Pfund für die Waisen der Polizei«, versicherte Messer.

»So nötig brauchen wir das Geld nicht. Ich glaube, das ist alles! Ich habe keine Urteile zu fällen. Immerhin, Sie spielen ein gefährliches Spiel, und Ihr Beruf bringt es mit sich, daß Sie mehr Möglichkeiten und Vorteile haben als gewöhnliche Hehler.«

»Hehler! Ich glaube, Sie wissen nicht, was Sie sagen!«

»Ich weiß es recht gut. Guten Morgen!«

»Sie werden die Worte bedauern, Oberst!« Messer ging zur Tür.

Er hatte seinen Stock liegengelassen. Bliss nahm ihn in die Hand. Der Griff war locker, mit einer kurzen Drehung zog der Hauptinspektor eine lange Stahlklinge heraus.

»Ihr Stockdegen, Mr. Messer!« rief er spöttisch. »Sie haben sich aufs beste vorgesehen!«

Messer sah ihn verächtlich an. Er ging wie im Traum durch die Korridore und trat ins Freie. Es war unmöglich! Henry Arthur Milton war in London! Dieser, jener Mann könnte es sein ... Er ertappte sich dabei, wie er auf dem Weg zu seinem Wagen in alle Gesichter sah, die ihm begegneten.

»Ist etwas nicht in Ordnung, Maurice?« fragte Mary ängstlich, als er auf den Wagen zukam.

»Nicht in Ordnung?« Seine Stimme klang heiser und unnatürlich, seine Augen hatten einen eigenartigen, gläsernen Ausdruck. »Nicht in Ordnung? Nein, alles ist in Ordnung. Warum? Was sollte nicht in Ordnung sein?«

Während er sprach, drehte er dauernd den Kopf nach allen Seiten. Wer war der Mann dort, der ihm entgegenkam und so unbesorgt den Spazierstock schwang? Könnte es nicht der Hexer sein? Und der Hausierer, der einen Kasten mit Streichhölzern und Kragenknöpfen vor sich her trug, dieser schmutzige, verkommene alte Mann - war das nicht eine Verkleidung, wie der Hexer sie bevorzugte?

»Was ist bloß geschehen, Maurice?«

Er schaute sie mit einem leeren Blick an.

»O Mary!« rief er. »Wir wollen nach Hause fahren.«

Er stieg vor ihr in den Wagen und ließ sich mit einem Seufzer in die Polster fallen. Sie gab dem Chauffeur Anweisung und stieg ebenfalls in den Wagen.

»Was haben Sie nur, Maurice?«

»Nichts, nichts, meine Liebe.« Er richtete sich plötzlich auf, lachte gedrückt. »Man wollte mich erschrecken – mich ... Dieser Bliss war auch dabei, der Kerl, von dem Sie mir erzählt haben. Noch nie habe ich einen Detektiv mit einem Bart erlebt! Ja, früher trug man Bärte ... Bliss! Er kommt aus Amerika. Haben Sie Hackitt gesehen?«

»Er kam zehn Minuten vor Ihnen heraus und stieg in eine Straßenbahn.«

»Ich möchte wissen, worüber sie ihn befragt haben.«

Er suchte in seiner Tasche nach dem kleinen, goldenen Döschen. Mary tat, als bemerke sie es nicht. Er nahm eine Prise von dem weißen Pulver und stäubte sich hinterher das Gesicht mit dem Taschentuch ab. In wenigen Sekunden war er ein ganz anderer Mensch – lachte über sich selbst.

»Wembury hat mir gedroht!« Sein Ton war wieder selbstgefällig und überheblich.

»Maurice, Alan hat Ihnen sicher nicht gedroht.«

Er nickte und wollte ihr schon den Grund sagen, besann sich aber. Auch in dieser gehobenen Stimmung vermied er das Thema Gwenda Milton lieber.

»Ich habe selbstverständlich nicht darauf geachtet. Man gewöhnt sich allmählich daran, mit solchen Menschen umzugehen. Übrigens, Mary, ich habe herausbekommen, daß Johnny an dem Aufstand im Gefängnis nicht beteiligt war.«

Sie zweifelte keinen Augenblick an der Richtigkeit dieser Nachricht und fühlte sich sehr erleichtert.

»Nein, er ist darin nicht verwickelt, in keiner Weise. Der Anführer war ein Mann namens ... Ich habe den Namen vergessen, aber darauf kommt es nicht an. Und dann, meine Liebe, habe ich auch über den Einbruch in Ihre Wohnung nachgedacht. Sie können wirklich nicht länger in Malpas Mansions bleiben, ich kann es nicht zulassen. Johnny würde es mir nicht verzeihen, wenn Ihnen etwas zustieße.«

»Wohin soll ich denn ziehen?«

»Ziehen Sie in mein Haus! Ich werde das Zimmer und die Beleuchtung wieder in Ordnung bringen lassen. Sie können auch eine Angestellte halten, die nach allem sieht.«

»Das ist unmöglich, ich habe es Ihnen schon gesagt«, erklärte sie ruhig. »Der Einbruch ängstigt mich überhaupt nicht mehr, ich bin ganz sicher, daß niemand mir etwas anhaben will. Ich bleibe in Malpas Mansions und ...«

»Meine liebe Mary!« unterbrach er tadelnd.

»Ich bin fest entschlossen, Maurice ...« Sie hatte die Stimme erhoben, und er schien sich zu fügen.

»Wie Sie wünschen! Selbstverständlich will ich Ihnen keinen Junggesellenhaushalt zumuten, ich würde ihn ganz umstellen. Aber wenn Sie mein bescheidenes Haus nicht beehren wollen ...«

24

Dr. Lomond hatte viele angenehme Eigenschaften. Er besaß den trockenen Humor seines Volkes und das Selbstvertrauen eines Mannes, der es sich leisten kann, über sich selbst zu spotten. Dem Kommissar gegenüber benahm er sich respektvoll, doch nur so weit, wie es dem älteren Mann zukam, im übrigen betrachtete er ihn als Gleichgestellten.

Er blieb an der Tür stehen.

»Störe ich?«

»Kommen Sie nur herein!« rief der Kommissar lachend. »Ich wollte Sie ohnehin sprechen.«

»Wegen einer Frau?«

»Wie, zum Teufel, haben Sie das erraten?« fragte Walford verblüfft.

»Ich habe es nicht erraten, ich wußte es. Sie sind wie ein Radio – übrigens wie die meisten Menschen, und ich bin sehr empfänglich. Das ist Telepathie, eine tierische Eigenschaft, die noch in mir steckt.«

Bliss, der anwesend war, hörte dem Gespräch zu. Seine Lippen zuckten spöttisch.

»Tierisch?« brummte er. »Ich glaubte immer, daß Telepathie ein geistiges Phänomen sei. Dies wenigstens ist die Ansicht in Amerika.«

»In Amerika hat man viele Ansichten, die man hier nicht ernst nimmt. Telepathie ist nichts weiter als ein tierischer Instinkt, der vom Verstand unterdrückt worden ist. – Doch, was soll ich mit der Dame machen, Oberst?«

»Sie sollten etwas über ihren Mann zu erfahren suchen«, sagte Walford.

Dr. Lomond blinzelte.

»Weiß sie denn etwas von ihm? Wissen Frauen überhaupt etwas über ihre Männer?«

»Ich bin nicht ganz sicher, ob er tatsächlich ihr Mann ist«, warf Bliss ein.

»Um wen handelt es sich?« fragte der Polizeiarzt.

»Wie ist ihr richtiger Name?« fragte Walford Wembury.

»Cora Ann Milton – sie ist eine geborene Cora Ann Barford.«

Nun bekam Dr. Lomond die Polizeigeschichte des Hexers zu hören. Der Kommissar öffnete eine Akte.

»Die Geschichte dieses Mannes ist sehr merkwürdig und wird Sie interessieren. Fassen konnten wir ihn noch nie. Er ist ein Mörder. Aber bei keinem der Morde, die auf sein Konto gehen dürften, hat er sich auch nur um einen Penny bereichert. Wir wissen ziemlich sicher, daß er während des Krieges Offizier im Fliegerkorps war – ein sehr zurückhaltender Mensch, der nur einen Freund hatte. Dieser Freund, ein junger Mann, wurde auf Grund einer falsch begründeten Anklage seines Obersten, Chafferis-Wismann, wegen Feigheit erschossen. Drei Monate nach Kriegsende wurde Chafferis-Wismann ermordet. Wir haben den Verdacht, nein, wir wissen sogar sicher, daß der Hexer der Mörder war. Er verschwand, als der Waffenstillstand unterzeichnet wurde. Nicht einmal sein Entlassungsgeld nahm er in Empfang, und die Annahme einer Auszeichnung, die man ihm anbot, verweigerte er. Auf keiner Fotografie seines Truppenteils ist er zu finden. Wir haben nur eine Handzeichnung, die ein Steward auf einem Dampfer, der zwischen Seattle und Vancouver verkehrt, von ihm gemacht hat. Auf diesem Schiff wurde Milton getraut.«

»Getraut?«

»An Bord«, berichtete Walford weiter, »befand sich ein Mädchen, das aus den Vereinigten Staaten floh, weil sie in irgendeinem verrufenen Tanzlokal einen Mann, von dem sie beleidigt worden war, erschossen hatte. Sie muß Milton anvertraut haben, daß sie in Vancouver verhaftet würde, denn er überredete einen mitreisenden Geistlichen, sie zu trauen. Dadurch wurde sie britische Staatsangehörige und entging den Auslieferungsgesetzen. Es ist eine phantastische Geschichte. Wenn das Publikum erfährt, daß dieser Mann in England ist, haben wir große Unannehmlichkeiten.« Der Oberst zuckte die Achseln. »Er hat den alten Oberzohn ermordet, der eine südafrikanische Agentur sehr zweifelhaften Charakters unterhielt. Auch Attaman, der berüchtigte Halsabschneider, ist sein Opfer. Übrigens war Messer im Haus, als der Mord geschah. Bei jedem Verbrechen war eine bestimmte Methode festzustellen. Als der Hexer nach der Attaman-Sache fliehen mußte, ließ er seine Schwester in Messers Obhut zurück. Er wußte nicht, daß Messer uns Nachrichten über seine Bewegungen zugehen ließ . . .«

Dr. Lomond rückte seinen Stuhl näher zum Schreibtisch.

»Das ist sehr interessant – erzählen Sie weiter!«

»Wir wissen, daß er vor acht Monaten in Australien war. Nach unseren Informationen soll er jetzt in England sein. Wenn dies zutrifft, ist er nur aus einem Grund zurückgekehrt: Um auf seine Art mit Messer abzurechnen! Messer, der eine Zeitlang immer gemeinsam mit Gwenda Milton auftrat, war sein Anwalt . . .«

»Sie sagten, Sie hätten ein Bild von ihm?«

Der Kommissar reichte Dr. Lomond die Bleistiftzeichnung.

»Ach – den Mann müßte ich doch kennen! Warten Sie – dieser kleine, komische Bart, das abgemagerte Gesicht, diese – Augen . . .«

»Was?« rief Walford ungläubig. »Sie kennen ihn? Das ist kaum möglich!«

»Ich will nicht sagen, daß ich ihn kenne, aber ich bin ihm begegnet.«

»Wo? In London?«

»Nein. Ich habe diesen Mann vor acht Monaten in Port Said getroffen, als ich dort auf der Rückreise von Bombay Station machte. Im Hotel, in dem ich abgestiegen war, hörte ich, daß in einer der schmutzigen Karawansereien im Eingeborenenviertel ein Europäer krank läge. Ich ging hin und fand einen sehr kranken Mann. Ich gab ihm keine Chance mehr. Es war dieser Mann!« Er zeigte auf das Bild.

»Sind Sie sicher?«

»Es gibt keine Sicherheit. Er war von einem australischen Schiff an Land gekommen.«

»Das ist er!« rief Wembury. »Wurde er gesund?«

»Ich weiß es nicht«, erwiderte Dr. Lomond. »Ich habe ihn zweimal besucht – er lag im Delirium, in seinem Fieberlallen kam immer wieder der Name ›Cora Ann‹ vor. Als ich das dritte Mal hinkam, sagte mir die Frau, der die Karawanserei gehörte, daß er in der Nacht verschwunden sei. Gott weiß, was aus ihm geworden ist. Vielleicht ist er in den Suezkanal gefallen und ertrunken. Könnte das der Hexer gewesen sein? Nein, es ist unmöglich!«

Der Kommissar schaute auf die Zeichnung.

»Es sieht fast so aus. Ich glaube nicht, daß er tot ist. Sie können uns hier helfen, Doktor! Wenn es eine Person gibt, die weiß, wo er sich aufhält, dann ist es Mrs. Milton – ich möchte, daß Sie mit dieser Frau sprechen, Doktor. Holen Sie sie herauf, Inspektor!«

Während Wembury hinausging, zog Walford noch ein Papier aus dem Aktenstück.

»Hier sind die Städte, die sie auf ihren Reisen berührt hat, verzeichnet, wenigstens soweit wir dies feststellen konnten. Sie ist vor drei Monaten angekommen und im Marlton-Hotel abgestiegen.«

Lomond setzte seine Brille auf und las.

»Sie kam auf dem Landweg von Genua. Sagten Sie nicht, daß Sie einen britischen Paß besitzt? Ist sie wirklich verheiratet?«

»Darüber besteht kein Zweifel. Sie haben sich auf dem Schiff trauen lassen, waren aber nur eine Woche zusammen.«

»Eine Woche? Das heißt also, daß sie immer noch in ihn verliebt sein könnte«, meinte Lomond zynisch. »Wenn mein Patient in Ägypten der Hexer war, dann weiß ich einiges über diese Frau. Er stammelte ständig etwas im Delirium. Lassen Sie mich nachdenken, es fällt mir wieder ein - Cora Ann . . . Orchideen . . . Ja, ich hab's!«

25

In diesem Augenblick wurde Cora Ann hereingeführt. Sie war sehr elegant gekleidet. Eine Sekunde lang blieb sie stehen und schaute von einem zum andern.

Der Kommissar erhob sich.

»Guten Morgen, Mrs. Milton! Ich habe Sie hierhergebeten . . . Mein Freund hier möchte sich mit Ihnen unterhalten. Ich hoffe, Sie haben dafür Verständnis.«

Cora blickte den unscheinbaren Doktor kaum an. Ihre Aufmerksamkeit konzentrierte sich auf den Kommissar mit dem soldatischen Aussehen.

»Sehr freundlich!« sagte sie gedehnt. »Ich bin ganz versessen darauf, mich mit jemandem zu unterhalten!« Sie lächelte Wembury an. »Welches ist eigentlich zur Zeit das beste Theaterstück in London? Die meisten habe ich bereits in New York gesehen, aber es ist schon so lange her . . .«

»Das beste Stück in London«, schaltete sich Lomond ein, »ist Scotland Yard, Mrs. Milton – ein Melodrama ohne Musik, mit Ihnen als Hauptdarstellerin!«

Sie betrachtete ihn zum erstenmal.

»Nicht schlecht! Was stelle ich dar?«

»Wir wollen sehen, was Sie mir vormimen! Sie haben in letzter Zeit nicht viel von London gesehen, Mrs. Milton – so ist doch Ihr Name? Waren Sie im Ausland?«

»Ja – überall!« antwortete sie langsam.

»Und wie ging es Ihrem Mann, als Sie ihn verließen?« fragte Lomond scharf.

Sie wurde ernst und wandte sich Alan zu.

»Sagen Sie, Inspektor Wembury, wer ist dieser Herr?«

»Doktor Lomond, Polizeiarzt des R-Bezirks.«

Die Antwort schien sie zu beruhigen.

»Wissen Sie, Doktor, ich hatte meinen Mann jahrelang nicht gesehen, ich werde ihn auch nie wiedersehen. Ich dachte, jedermann hätte es in der Zeitung gelesen – der arme Arthur ist im Hafen von Sydney ertrunken.«

Dr. Lomonds Gesicht zuckte ein wenig, als er zu der hellgekleideten Frau aufblickte.

»Tatsächlich? Ich hätte es aus Ihrer Trauerkleidung schließen können.«

Die Bemerkung überraschte und verwirrte sie.

»Ihr Mann hat das Land vor drei Jahren verlassen. – Oder waren es vier Jahre, Wembury? – Wann haben Sie ihn zum letztenmal gesehen?«

Mrs. Milton beantwortete die Frage nicht.

Lomond schaute auf das Papier, das vor ihm lag.

»Er war drei Monate in Sydney, als Sie ebenfalls dort ankamen. Sie nannten sich Mrs. Jackson und stiegen im ›Harbour Hotel‹ ab, wo Sie Zimmer 36 bewohnten. Während dieser Zeit standen Sie mit Ihrem Mann in Verbindung.«

»Nicht schlecht!« räumte sie sarkastisch ein. »Zimmer 36 und das übrige! Doch sagte ich Ihnen schon, daß ich ihn nicht gesehen habe.«

»Sie haben ihn nicht gesehen, ich glaube es Ihnen. Er hat mit Ihnen telefoniert. Sie sagten ihm, daß Sie ihn treffen wollten – oder war es nicht so?«

Cora Ann gab keine Antwort.

»Sie wollen mir nicht antworten? Er fürchtete, daß Sie beobachtet würden, die Polizei also auf seine Spur gekommen wäre, wenn er Sie getroffen hätte.«

»Fürchtete!« sagte sie verächtlich. »Arthur Milton fürchtete sich nie – jetzt ist er tot!«

»Wollen Sie ihn nicht wieder zum Leben erwecken?« Er schnalzte mit den Fingern. »Erscheine, Henry Arthur Milton! Nicht? Verließ er nicht Melbourne mit dem Dampfer ›Themistokles‹ an seinem Hochzeitstag – in Begleitung einer anderen Frau?«

Cora Ann, die bis jetzt kühl geblieben war, zuckte, als sie den Namen des Schiffes hörte, erregt zusammen, und bei den letzten Worten sprang sie zornig auf.

»Das ist eine Lüge! Er hatte nie eine andere Frau.« Sie lachte auf. »Das ist ein schlechter Scherz, hören Sie! Ich bin dumm, daß ich mich hinreißen lasse. Was wollen Sie überhaupt von mir? Ich brauche keine einzige Frage zu beantworten – ich kenne das Gesetz. Vergessen Sie nicht, daß ein derartiges Verhör in England nicht erlaubt ist! Ich gehe.«

Sie ging zur Tür. Dort wartete, die Klinke in der Hand, Wembury, um sie hinauszulassen.

»Bitte, öffnen Sie die Tür für Mrs. Milton!« sagte Lomond. Maliziös setzte er hinzu: »Sie sind doch Mrs. Milton?«

Sie drehte sich schnell um. »Was wollen Sie damit sagen?«

»Ach, ich dachte, es wäre nur eine jener Konventionen, wie sie in vornehmen Kreisen manchmal vorkommen.«

Sie kam langsam auf ihn zu.

»Sie mögen ein guter Arzt sein, aber . . .«

»Also wirklich – verheiratet? Mit allem, was dazu gehört?«

»Erst auf dem Schiff – und dann, um ganz sicher zu gehen, nochmals in der St.-Pauls-Kirche in Deptford. Genügt das?«

Lomond zwinkerte skeptisch.

»Lügner und verheiratete Männer haben ein kurzes Gedächtnis – er hat vergessen, Ihnen Ihre Lieblingsorchideen zu schikken!«

Ein wütender Blick traf ihn.

»Wovon reden Sie?« fragte sie stockend.

»Er schickte Ihnen an jedem Jahrestag Ihrer Hochzeit Orchideen.« Lomond sprach bedächtig und fixierte sie ständig. »Sogar, als er sich in Australien verborgen halten mußte – er in der einen, Sie in einer anderen Stadt, damit Sie nicht entdeckt und verfolgt werden könnten –, hat er Ihnen Blumen geschickt. Nur dieses Jahr nicht – er muß es vergessen haben. Oder vielleicht hat er für die Orchideen eine andere Verwendung gefunden?«

Sie kam noch näher.

»Das denken Sie!« stieß sie hervor. »Das sind Gedanken, auf die ein Mann wie Sie kommt! Eine andere Frau? Arthur dachte an niemand als an mich – das einzige, was ihn grämte, war, daß er nicht mit mir zusammen sein konnte. Er hat alles aufs Spiel gesetzt, um mich zu sehen. Er begegnete mir in der Collins Street, aber ich erkannte ihn nicht – er hat es gewagt, nur um zu sehen, wie ich vorbeiging.«

»Sehr lobenswert – aber Orchideen hat er Ihnen nicht geschickt!«

»Orchideen! Was soll ich mit Orchideen? Ich wußte, wenn sie nicht kamen . . .« Sie hielt plötzlich inne.

»Daß er Australien verlassen hatte«, ergänzte Lomond. »Deshalb sind Sie in solcher Eile abgereist. Ich möchte beinah glauben, daß Sie in ihn verliebt sind!«

»Bin ich das?« Sie lachte und nahm ihre Handtasche auf. »Das ist wohl alles. Oder wollen Sie mich etwa festnehmen?«

»Es steht Ihnen frei, zu gehen, wenn Sie es wünschen, Mrs. Milton«, antwortete Walford höflich.

Cora Ann machte eine leichte Verbeugung.

»Dann also – guten Morgen!«

»Liebe ist blind . . .«

Die Stimme ihres Inquisitors hielt sie fest.

»Sie haben ihn getroffen und nicht erkannt! Sie wollen uns doch nicht weismachen, er wäre so gut verkleidet gewesen, daß er sich am hellen Tag in die Collins Street wagen konnte – nein, Cora Ann, das glauben wir nicht!«

Sie war am Ende ihrer Selbstbeherrschung und zitterte vor Wut, als sie sich wieder ihrem Peiniger zuwandte.

»In der Collins Street? Er würde in der Regent Street spazierengehen – am hellen Tag oder bei Mondschein. Er würde es wagen! Wenn er wollte, käme er nach Scotland Yard, in die Löwenhöhle – und kein Haar würde ihm gekrümmt. Sie könnten alle Eingänge bewachen, und doch würde er ein und aus gehen. Sie lachen – lachen Sie nur, lachen Sie, aber er würde es tun . . .«

Zufällig fiel ihr Blick auf Bliss – dann blickte sie schnell wieder zurück zu Lomond. Ihr Gesicht wurde weiß. Alan Wembury sah sie schwanken und fing sie auf.

26

Keine Frau ist so unschuldig, daß sie nicht allmählich begriffe, mit welchen Lastern Männer und Frauen täglich in Berührung kommen – oder denen sie selbst frönen. Mary Lenley hatte in dieser Beziehung bei Maurice Messer einiges dazugelernt. Anfänglich schenkte sie ihm Vertrauen, weil sie es so seit ihrer Kindheit gewöhnt war. Später erkannte sie den richtigen Charakter dieses Mannes. Als sie die wirkliche Bedeutung von Gwenda Miltons Schicksal erfuhr, erschrak sie nicht mehr.

Merkwürdigerweise aber kam ihr nie der Gedanke, ihr selbst drohe irgendeine Gefahr von Maurice Messer. Sie waren immer gute Freunde, ihre Beziehungen so vertraut gewesen, daß nie der leiseste Verdacht in ihr aufstieg, sein Puls könnte bei ihrem Anblick schneller schlagen. Sein Anerbieten, das Zimmer im oberen

Stock zu beziehen, hatte sie lediglich als Freundschaftsbeweis aufgefaßt. Ihre Weigerung, das Anerbieten anzunehmen, entsprang vor allem ihrer Unabhängigkeitsliebe und ihrer Abneigung, eine Gastfreundschaft anzunehmen, die vielleicht lästig werden konnte. Dahinter lag die instinktive Abwehr einer Frau, sich einem Mann zu sehr zu verpflichten.

Als sie zwei Tage nach der Vernehmung in Scotland Yard am Morgen zur Arbeit kam, waren Arbeiter im Haus, die am großen Fenster einen neuen Fensterrahmen montierten.

»Wir wollen Gitter anbringen, Miss«, erklärte ihr einer. »Hoffentlich stören wir Sie nicht?«

»Wenn es gar zu schlimm wird, arbeite ich eben in einem anderen Zimmer.«

Warum aber Gitter vor den Fenstern? Weit und breit konnte sie keine wertvollen Gegenstände feststellen, höchstens Mr. Messers Tafelsilber, das prächtig war. Hackitt wurde nicht müde, über das Silber zu reden. Es fesselte ihn.

»Jedesmal, wenn ich die Milchkanne putze, fürchte ich mich vor dem Gefängnis«, scherzte er an diesem Morgen.

Diese Anspielung brachte sie auf den Gedanken an die geheimnisvolle Konferenz in Scotland Yard. Sie fragte Hackitt über seinen kürzlichen Besuch dort aus.

»Ja, Miss«, meinte er, »ich habe mit dem Oberkommissar gesprochen – es ist doch komisch, daß die Polypen nichts herausfinden können, ohne sich an unsereinen zu wenden!«

»Worüber wollte er Sie sprechen, Hackitt?«

Sam zögerte.

»Über einen Herrn, den ich früher kannte.«

Mehr wollte er nicht sagen. Sie wußte nicht, was sie davon halten sollte. Bei der ersten Gelegenheit fragte sie Messer, was Sam wohl gemeint habe, aber auch er wich der Frage aus.

»Sie würden gut daran tun, mit Hackitt nicht soviel zu reden«, empfahl er ihr. »Der Mann ist ein Lügner. Er würde Dinge behaupten, nur um jemandem Schrecken einzujagen. Haben Sie etwas von Johnny gehört?«

An diesem Morgen wäre ein Brief fällig gewesen. Da er aber nicht eingetroffen war, fühlte sie sich enttäuscht.

»Warum lassen Sie das Gitter anbringen, Maurice?«

»Um schlechte Menschen fernzuhalten«, sagte er leichthin. »Ich sehe es lieber, wenn sie durch die Tür kommen. Es ist abends hier sehr einsam, Mary, Sie können sich nicht vorstellen, wie einsam . . .«

»Warum gehen Sie nicht mehr aus?«

»Das ist es gerade, was ich – augenblicklich nicht tun möchte. Ich wäre dankbar, wenn mir jemand abends etwas Gesellschaft leistete. Um es geradeheraus zu sagen, liebe Mary – ich würde mich freuen, wenn Sie einige Abende bei mir verbrächten.«

»Es tut mir leid, Maurice, ich kann nicht – ich weiß, nach allem, was Sie für mich getan haben, klingt das sehr undankbar. Aber sehen Sie denn nicht ein, daß es nicht geht?«

Er sah sie mit halbgeschlossenen Augen an.

»Wollen Sie nicht wenigstens an einem Abend zum Essen kommen? Ich spiele Ihnen eine wunderbare Sonate vor - es ist langweilig, immer nur sich selbst vorzuspielen. Meinen Sie nicht, daß Sie es übers Herz bringen, einmal abends herzukommen?«

Eigentlich war kein Grund vorhanden, warum sie es nicht tun könnte, und doch zögerte sie.

»Ich will es mir überlegen.«

An diesem Nachmittag wurde Mr. Messer ein schwieriger Fall übertragen. Es ging um einen betrunkenen Motorradfahrer, den man festgenommen hatte. Mary wollte gerade nach Hause gehen, als Mr. Messer in großer Eile zurückkam.

»Gehen Sie noch nicht, Mary! Ich muß dringend an Dr. Lomond wegen dieses Verhafteten schreiben. In seinem Bericht hat Lomond gesagt, der Mann sei betrunken gewesen. Ich will sofort verlangen, daß er seinen eigenen Arzt hinzuziehen kann.«

Er diktierte den Brief, den sie schrieb und ihm zur Unterschrift brachte.

»Das Schreiben sollte Dr. Lomond zugestellt werden.« Er blickte sie fragend an. »Hätten Sie etwas dagegen, ihm den Brief zu bringen? Es ist kein Umweg für Sie, er wohnt in Shardeloes Road.«

»Das mache ich sehr gerne«, sagte Mary freudig. »Ich würde den Doktor gerne wiedersehen.«

»Wieder? Wo haben Sie ihn denn schon gesehen?«

Sie erzählte von der kurzen Unterhaltung vor Scotland Yard.

Messer biß sich auf die Lippen.

»Ein gerissener alter Teufel! Ich würde mich nicht wundern, wenn er mehr Gehirn hätte als ganz Scotland Yard zusammen. Lächeln Sie ihn freundlich an, Mary, ich möchte meinen Klienten gern von der Anklage freibekommen.«

Mary fragte sich, als sie das Haus verließ, ob ihr Lächeln irgendeinen Einfluß auf die Diagnose des Polizeiarztes haben könnte. Sie nahm ganz richtig an, daß er nicht der Mann war, der sich so leicht beeinflussen ließ.

Dr. Lomond wohnte in einer unfreundlichen kleinen Straße, und sein kleines Zimmer sah genauso finster aus. Die Wirtin, die auf das Klopfen erschien, führte Mary in ein im viktorianischen Stil möbliertes Zimmer. Der Doktor saß in einem unbequemen Lehnstuhl, ein offenes Buch vor sich auf den Knien. Auf seiner Nase saß eine stahlumrandete Brille.

»Ah, meine Liebe!« Er schlug das Buch zu und erhob sich. »Was führt Sie zu mir?«

Sie übergab ihm den Brief, den er öffnete und las. Die Bemerkungen, die er selbstvergessen vor sich hin murmelte, waren offensichtlich nicht für sie bestimmt.

»Ach – von Messer! Der Schuft ... Wegen des Betrunkenen, dachte ich es doch! Er war betrunken und bleibt betrunken, und alle Ärzte aus der Harley Street können ihn nicht nüchtern machen – sehr gut, sehr gut!«

Sie wartete. Er faltete den Brief zusammen und steckte ihn in die Tasche. Dann schaute er Mary über die Brille hinweg freundlich an.

»Hat er Sie zum Boten gemacht? Wollen Sie sich nicht setzen, Miss Lenley?«

»Danke schön, Doktor, aber ich muß schleunigst nach Hause.«

Trotz dieser Versicherung erzählte sie im gleichen Atemzug – sie wußte selbst nicht, was sie dazu bewog – die Geschichte von dem Einbruch.

»Inspektor Bliss? Er war der Mann ... Ja, ich habe davon gehört. Alan Wembury hat es mir erzählt. Ein netter Junge, Miss

Lenley!« Er blinzelte sie verschmitzt an. »Sie wundern sich, warum Bliss in Ihre Wohnung eingedrungen ist? Ich weiß es nicht und will mit Bestimmtheit auch nichts behaupten. Aber ich bin Psychologe und kann Ihnen eines sagen, Miss Lenley – Bliss stieg in Ihre Wohnung ein, weil er annahm, daß Sie etwas besitzen, das er gerne haben wollte. Und wenn ein Polizeibeamter irgend etwas unbedingt braucht, wagt er alles mögliche. Sie haben nichts vermißt?«

»Nichts als einen Brief, der nicht einmal mir gehörte. Mrs. Milton hatte ihn bei mir verloren, ich fand ihn und versorgte ihn in einer Schublade.«

Lomond rieb sich das Doppelkinn.

»Konnte Inspektor Bliss denn wissen, daß der Brief bei Ihnen war? Und warum nahm er an, daß sich das Risiko lohnte, vielleicht den Hals deswegen zu brechen? Nun ja . . .«

Lomond begleitete Mary bis zum Ausgang und blieb oben an der Treppe stehen, um ihr zuzuwinken. In seinem Mundwinkel über dem weißen Schnurrbart hing die unvermeidliche Zigarette.

27

Seit dem Besuch in Scotland Yard war eine unangenehme Veränderung mit Maurice Messer vor sich gegangen. Er trank unmäßig. Die Weinbrandflasche stand immer in der Nähe. Am Morgen sah er alt und krank aus. Manchmal kam er nach dem Frühstück ins große Zimmer, setzte sich ans Klavier und fing zu Marys Leidwesen an, stundenlang zu spielen. Er spielte zwar wunderbar, hatte den Anschlag eines Meisters und das Gefühl eines Begeisterten. Oft fand sie, daß er um so besser spielte, je mehr er getrunken hatte. Er saß am Klavier, die Augen starrten ins Leere, er schien nichts zu sehen und zu hören. Mary mußte lange warten, bis sie eine vernünftige Antwort auf Fragen bekam.

Er fürchtete sich vor allem möglichen, sprang beim leisesten

Geräusch auf und wurde durch unerwartetes Klopfen an der Tür in panischen Schrecken versetzt. Hackitt, der im Hause schlief, wußte allerhand Düsteres anzudeuten. Einmal fand er Messers Tisch voll Weinbrandflaschen, alle, bis auf eine, leer.

Zwei Tage, nachdem die Arbeiter Messers Haus verlassen hatten, läutete früh am Morgen in Wemburys Dienstzimmer das Telefon. Der diensthabende Sergeant nahm ab.

»Für Sie, Mr. Wembury«, rief er, und Alan nahm ihm den Hörer aus der Hand.

Es war Hackitt. Seine Stimme klang aufgeregt.

»Ich weiß nicht, was mit ihm los ist. Seit heute morgen drei Uhr vollführt er einen Teufelsspektakel. Können Sie nicht einen Arzt herbringen, Mr. Wembury?«

»Was ist geschehen?«

»Ich weiß es nicht – er hat sich in sein Schlafzimmer eingeschlossen und schreit wie ein Verrückter.«

»Ich komme gleich.«

Als Alan auflegte, tauchte gerade Dr. Lomond auf. Er kam aus dem Zellenhaus.

»Ich werde Sie begleiten«, sagte Dr. Lomond und zog langsam die Handschuhe an. »Es kann das Trinken sein, vielleicht aber auch Rauschgift.«

Eine Viertelstunde später standen sie vor dem Tor. Alan drückte auf den Klingelknopf. Hackitt öffnete, nur mit Hemd und Hose bekleidet. Er sah ehrlich besorgt aus.

»Was soll das bedeuten, Sam?« fragte Wembury. »Warum haben Sie nicht Messers eigenen Arzt benachrichtigt?«

»Ich weiß nicht, wer sein Arzt ist. Er hat so verteufelt geschrien, ich wußte nicht, was anfangen.«

»Ich will mit ihm sprechen«, schlug Dr. Lomond vor. »Wo ist sein Zimmer?«

Sam führte ihn hinauf und kam wieder zurück.

»Sie hatten Angst, man würde Sie verdächtigen, wenn er stürbe?« fragte Wembury. »Ja, mein Lieber, so geht es eben, wenn man einen schlechten Ruf hat!«

Alan bewunderte ein silbernes Tablett auf dem Tisch und nahm es in die Hand.

»Mächtig schwer, nicht?« fragte Sam mit beruflichem Interesse. »Würde sich gut verkaufen lassen – was bekäme ich dafür?«

»Ungefähr drei Jahre«, erwiderte Alan trocken.

Hackitt schloß die Augen.

»Hören Sie, Mr. Wembury«, fragte er plötzlich, »was macht Bliss in Ihrem Bezirk?«

»Bliss?«

»Seit ich im Hause bin, treibt er sich hier herum. Gestern habe ich ihn oben versteckt gefunden.«

»Bliss? Was Sie nicht sagen!«

»Ihr hängt alle wie die Kletten zusammen!« entgegnete Sam entrüstet.

Auf der Treppe hörte man Lomonds Schritte.

»Ist er wieder ruhig?« fragte Wembury, als der Doktor eintrat.

»Messer? Himmel, ja! Ein tüchtiger Kerl. Messer – das ist eine alte englische Familie. Sie kam beinah mit dem Eroberer herüber – aber der Eroberer verlor den Krieg.«

Lomond roch an der Flasche, die auf dem Tisch stand, und Wembury nickte.

»Das ist das Gift, das ihn tötet.«

Lomond roch nochmals.

»Das ist schottischer Whisky! Das beste Gift, das ich kenne. Das und Kokain, Wembury, wird Messers Ende sein. – Ein seltsames Büro!« Er schaute sich im Zimmer um.

»Ja – was für seltsame Sachen mögen in diesem Zimmer passiert sein? – Hat man Gitter vor den Fenstern angebracht?« fragte Alan, sich an Sam wendend.

»Ja, Sir! Wozu sollen die gut sein?«

»Um den Hexer fernzuhalten!«

Sam Hackitts Gesicht wurde zu Stein.

»Den Hexer!« stammelte er fassungslos. »Dazu sind sie also da? Ich gebe meine Stellung auf. Ich wunderte mich schon, warum er die Gitter anbringen ließ, und warum er verlangte, daß ich hier im Haus schlafe.«

»Oh, Sie fürchten also den Hexer?« fragte Lomond interessiert, mit kaum merklichem Spott. Wembury kam Sam zu Hilfe.

»Seien Sie nicht albern, Hackitt! Alle fürchten den Hexer.«

»Nicht für hunderttausend Pfund möchte ich nachts in diesem Hause bleiben«, erklärte Sam inbrünstig. Der Doktor lachte.

»Eine ganze Menge Geld für einen zweifelhaften Dienst!« spottete er. »Doch, nun lassen Sie uns einen Augenblick allein, Mr. Hackitt!« Er wartete, bis der verstörte Sam draußen war.

»Kommen Sie hinauf, Wembury, schauen Sie sich Messer an!«

»Er lebt noch«, sagte Lomond, als sie in der Tür standen.

Messer lag auf dem zerwühlten Bett, er atmete schwer, sein Gesicht hatte eine purpurne Farbe, die Hände hielten krampfhaft die seidene Steppdecke fest.

Auf der Treppe hörten sie Hackitts leise Schritte.

Als Alan bald darauf das Zimmer verließ und wieder hinunterging, traf er Sam in grüner Schürze an; er hatte einen Eimer vor sich und ein Waschleder in der Hand und putzte fleißig ein Fenster, wobei er aber durch das Gitter behindert wurde.

»Wie geht es ihm, Sir?« fragte er.

Alan antwortete darauf nicht. Auch Dr. Lomond kam jetzt herunter und trat hinzu. Er betrachtete nochmals eingehend das Zimmer, das in Messers Haushalt als Büro und Salon in einem diente.

Sam ließ die beiden nicht aus den Augen.

»Miss Lenley wird gleich kommen«, sagte er familiär, da ihm im Moment nichts anderes einfiel.

Wembury ging hinaus, in der Hoffnung, Mary einen Augenblick allein sprechen zu können.

»Wer ist Miss Lenley?« fragte der Doktor.

»Oh, das ist unser Schreibmaschinenfräulein«, berichtete Sam, und Lomond hob interessiert die Augenbrauen.

»Ist sie nicht die Schwester eines Mannes, der im Gefängnis sitzt?«

»Jawohl, Sir – von Johnny Lenley. Er bekam drei Jahre, weil er eine Perlenkette geklaut hatte.«

»Also ein Dieb?«

»Ein Gentlemandieb!« korrigierte Sam.

Lomond ging zum Klavier hinüber, hob den Deckel und schlug leise eine Taste an.

»Spielt sie Klavier?«

»Nein, Sir – er.«

»Messer? O ja, ich habe davon gehört.«

»Er spielt gut«, sagte Sam wegwerfend. »Ich habe Musik sehr gern, aber die Sachen, die er spielt ...« Er summte ein paar Töne von Chopins Nocturne. »Das kann einen wahrhaftig verrückt machen!«

Die Haustürglocke läutete, und Hackitt verließ das Zimmer.

Dr. Lomond setzte sich, die Hände in den Taschen, auf den Klaviersessel und betrachtete die Einrichtung des Zimmers. Während er so den Blick umherschweifen ließ, geschah etwas Seltsames. Über der Tür, im Schnitzwerk versteckt, leuchtete plötzlich ein rotes Licht auf. Ein Signal! Von wem? Dann verlöschte das Licht wieder. Lomond schlich auf den Fußspitzen an die Tür und horchte, doch konnte er nichts hören.

Hackitt kam mit einer Handvoll Briefen zurück.

»Die Post ...«, begann er und stockte.

»Hackitt«, fragte Lomond sanft, »wer ist außer Ihnen und Messer noch im Haus?«

Sam sah den Doktor mißtrauisch an.

»Niemand. Die alte Köchin ist krank.«

»Wer macht Messers Frühstück?«

»Ich.«

Lomond deutete zur Zimmerdecke hinauf.

»Was ist über diesem Zimmer?«

»Die Rumpelkammer.« Hackitts Verlegenheit nahm zu. »Was ist los, Doktor?«

»Ich dachte nur – nichts weiter. Ja, gibt es einen Schlüssel dazu?«

Sam zögerte. Wie jeder Dieb hatte er den Wunsch, sich so dumm wie möglich zu stellen.

»Ja, ein Schlüssel ist da«, sagte er endlich. »Er hängt über dem Kaminsims. Ich weiß es zufällig, weil ...«

»Weil Sie ihn ausprobiert haben«, vollendete Lomond.

»Wollen Sie die Rumpelkammer sehen, Doktor?«

Kaum waren sie die Treppe hinaufgestiegen, als Wembury mit Mary Lenley ins große Zimmer zurückkam.

Krampfhaft überlegte Alan, wie er Mary warnen sollte.

»Fühlen Sie sich hier wohl?« fragte er verlegen.

»Wie meinen Sie das?«

»Ich meine – nun, Messer ... Weiß Ihr Bruder, daß Sie noch hier arbeiten?«

»Nein, ich wollte ihm nicht noch mehr Sorgen machen. Johnny schreibt manchmal so seltsame Briefe.«

Alan seufzte.

»Mary, Sie wissen doch, wo Sie mich finden können?«

»Ja, Alan, Sie haben mir das schon einmal gesagt!« erwiderte sie erstaunt.

»Ja. Doch – nun, Sie wissen nicht, was für Schwierigkeiten eintreten könnten. Ich möchte – ich ... Nun, wenn unangenehme Dinge geschehen sollten ... Ich möchte, daß Sie das Gefühl haben ...« Er sprach ganz unzusammenhängend.

»Unangenehme Dinge?«

»Ja – wenn Sie in Not sein sollten«, fuhr er verzweifelt fort. »Sie wissen doch, was ich meine? Wenn Sie belästigt werden – wenn jemand, wenn er ... Wie soll ich mich ausdrücken? Dann sollten Sie zu mir kommen – versprechen Sie es mir?«

»Alan, Sie werden sentimental!«

»Ich bedaure.«

Er griff schon nach der Türklinke, als er seinen Namen hörte.

»Sie sind aber doch ein lieber Mensch!« rief sie sanft.

»Nein, ich glaube, ich bin ein verdammter Esel!« Wütend schlug er die Tür hinter sich zu.

28

Zu Messers Haus führte ein Weg, den nur drei Menschen kannten. Einer davon war tot. Der zweite saß zweifellos im Gefängnis – Johnny. Und der dritte? Messer schob den Gedanken beiseite.

Das Grundstück hatte sich einst viel weiter, bis hinunter zum Ufer eines schmutzigen Bachs, ausgedehnt. Dort stand auch jetzt noch ein kleiner, baufälliger Schuppen auf einem verlassenen, unkrautbewachsenen Platz. Schuppen und Platz gehörten Messer, obgleich sie vom Haus in der Flanders Lane durch einige fremde Gebäude und winklige Gassen getrennt waren.

An diesem Morgen kam ein junger Mann das Kanalufer entlang. Vorsichtig schaute er sich um, ob er beobachtet würde. Mit einem Schlüssel öffnete er das verwitterte Tor der Umzäunung und betrat den verwahrlosten Platz. Mit dem gleichen Schlüssel, mit dem er das äußere Tor geöffnet hatte, schloß er auch die Tür des Schuppens auf. Von innen sperrte er wieder zu und stieg eine Wendeltreppe hinab, die erst vor wenigen Jahren erbaut worden war. Am Ende der Treppe begann ein mit Ziegelsteinen ausgelegter niedriger Gang. Es gab kein Licht, aber nach wenigen Schritten fand der Ankömmling eine kleine Nische, in der Messer einige Taschenlampen aufbewahrte. Er ließ eine davon aufleuchten und tappte vorwärts. Nach wenigen Minuten wandte sich der Weg scharf nach links und endete in einem Keller. Von da führte eine mit Teppichen ausgelegte Treppe aufwärts. Der Mann stieg vorsichtig und leise die Stufen hinauf. Auf halber Höhe spürte er, wie eine Stufe unter seinem Fuß leicht nachgab. Er lächelte, denn er wußte, daß es die Vorrichtung war, durch die die Warnlampe in Messers Zimmer aufleuchtete.

Er gelangte an die getäfelte Wand und horchte. Er hörte Stimmen – die Messers, dazwischen die Mary Lenleys! Er runzelte die Stirn. Mary hier? Er hatte geglaubt, Mary habe die Arbeit aufgegeben. Er legte das Ohr an die Täfelung und lauschte.

»Ach, meine Liebe«, hörte er Messer sagen, »Sie sind – wunderbar!«

»Und Sie sind albern, Maurice!« antwortete Mary ärgerlich. Offenbar hatte sich Messer ans Klavier gesetzt, es erklangen einige leise Töne, dann wieder Marys Stimme – und Geräusche eines kleinen Kampfes.

Messer hatte Mary bei den Schultern gepackt. Er wollte sie an sich ziehen, als er, über ihre Schulter hin, sah, wie sich eine Hand durch einen Spalt in der Wand streckte. Im gleichen Augenblick stürzte er mit einem Schreckensschrei aus dem Zimmer. Mary blieb vor Furcht wie angewurzelt stehen. Immer weiter kam die

Hand zum Vorschein. Dann öffnete sich die Täfelung, und ein junger Mann trat ins Zimmer.

»Johnny!«

In der nächsten Sekunde lag Mary schluchzend in den Armen des Bruders.

»Johnny – warum hast du mir nicht mitgeteilt, daß du zurückkommst? Das ist eine großartige Überraschung! Ich habe dir heute morgen noch geschrieben!«

Er hielt sie in seinen ausgestreckten Armen und sah ihr ins Gesicht.

»Was machst du in Messers Büro?« fragte er so ruhig, daß ihr unheimlich wurde.

»Ich arbeite für ihn. Du wußtest es doch, bevor du weggingst, Johnny ... Es ist wunderbar, dich wiederzusehen! Hast du eine sehr schlimme Zeit durchgemacht?«

»Nicht allzu schlimm – doch warum hast du hier weitergearbeitet? Ich hatte doch Maurice Geld gegeben und ihm gesagt, ich wolle nicht, daß du hier arbeitest. Das war das letzte, das ich ihm im Old Bailey sagen konnte.«

»Davon weiß ich nichts, Johnny«, erwiderte sie bestürzt.

»Eben.« Er nickte. »Jetzt verstehe ich ...«

»Du bist mir doch nicht böse, Johnny?« Sie blickte ihn an. In ihren Augen waren Tränen. »Ich kann es kaum glauben, daß du hier bist, ich glaubte, daß es noch schrecklich lange ginge ...«

»Die Strafe ist mir erlassen worden«, erzählte er. »Ein halb wahnsinniger Sträfling griff den stellvertretenden Direktor an, und ich warf mich dazwischen. Daß die Behörden mehr für mich tun würden, als einige Tage Haft zu streichen, nahm ich nicht an. Doch gestern, um die Mittagszeit, ließ mich der Direktor rufen und teilte mir mit, daß ich für den Rest der Strafe Bewährungsfrist erhalten hätte.«

»Du hast doch jetzt mit diesem schrecklichen Leben Schluß gemacht?« fragte Mary leise. »Wir wollen irgendwohin außerhalb Londons ziehen. Ich habe mit Maurice darüber gesprochen. Er hat seine Hilfe zugesagt, dir auf die rechte Bahn zu helfen.«

Johnny Lenley biß sich auf die Lippen.

»So, hat er das? Mary, liebst du Maurice?«

»Er ist gut zu mir gewesen.«

»Gut, gut – wie gut ist er gewesen?« Er faßte sie an den Schultern und schüttelte sie sanft. In seine tiefliegenden, grauen Augen kam ein weicher, besorgter Ausdruck, den sie immer bei ihm geliebt hatte. »Eines steht fest, du wirst hier nicht mehr arbeiten!«

Durch die halboffene Tür sah er Hackitt und rief ihn an.

»Hallo, Sam – was geht hier eigentlich vor?«

Hackitt zuckte die Achseln.

»Ich bin erst seit einigen Tagen hier. Sie sehen selbst – Sie sind ja kein kleiner Junge mehr ... Haben Sie je erlebt, daß ein Tiger mit einem Kaninchen liebenswürdig umgeht? Mehr weiß ich auch nicht.«

Mary hatte sich an ihren Schreibtisch gesetzt. Johnny beobachtete sie grübelnd.

Sein erster Weg nach der Entlassung war hierher gewesen, um mit Messer abzurechnen. Dann sollten ihn London und die Flanders Lane nicht mehr sehen. Er würde schon etwas zu finden wissen, wo er in Ruhe leben und arbeiten könnte.

Er nahm Sam beiseite. Sie standen neben der offenen Tür, von ihr halb verdeckt, und sprachen leise.

Maurice Messer kam zurück, er sah nur das Mädchen an der Schreibmaschine, ihre Finger flogen über die Tasten. Er trat hinter sie und legte die Hand auf ihre Schulter.

»Meine Liebe, verzeihen Sie mir! Ich bin furchtbar nervös und bilde mir allerhand merkwürdige Dinge ein ...«

»Maurice!«

Messer fuhr herum, sein Gesicht wurde blaß.

»Sie!« rief er heiser. »Aus dem Gefängnis entlassen?«

Lenley lachte verächtlich.

»Zwei Jahre zu früh, was? Es tut mir leid, Sie zu enttäuschen, aber es geschehen noch Wunder, sogar im Gefängnis.«

Messer riß sich mit großer Anstrengung zusammen.

»Mein lieber Junge ...« Er streckte ihm seine zitternde Hand entgegen, doch Johnny übersah sie. »Wollen Sie sich nicht setzen? Das ist ein erstaunliches Ereignis! Sie waren also hinter der Wand ... Hackitt, geben Sie Mr. Lenley etwas zu trinken – ja, im Wandschrank ... Es wird Ihnen guttun.«

Hackitt kam mit einem Trunk, aber Johnny lehnte ab.

»Ich habe mit Ihnen zu sprechen, Maurice!« Er gab Mary ein Zeichen, und sie verließ das Zimmer.

»Wie sind Sie zu der Entlassung gekommen?« fragte Messer stirnrunzelnd und goß sich aus der bereitstehenden Flasche ein.

»Der Rest ist mir erlassen worden«, berichtete Lenley kurz. »Ich dachte, Sie hätten darüber in der Zeitung gelesen.«

»Oh, Sie waren der Kerl, der das Leben des Direktors rettete? Ja, ich erinnere mich, ich hab' es gelesen – gratuliere!«

Er versuchte, Herr der Lage zu werden. Schon andere hatten sein Büro gezähmt verlassen.

»Warum haben Sie Mary weiter für Sie arbeiten lassen?«

»Weil ich es mir nicht leisten kann, wohltätig zu sein, mein Lieber!«

»Ich hatte Ihnen beinahe vierhundert Pfund gegeben! Den Erlös aus meinen ersten – Diebstählen.«

»Sie sind doch gut verteidigt worden?«

»Ich kenne das Honorar. Warum haben Sie Mary das Geld nicht ausbezahlt?«

Messer zündete sich eine Zigarre an. Er ließ das Streichholz bis zu den Fingerspitzen abbrennen, bevor er sprach.

»Ich will es Ihnen sagen. Ich habe mich um Sie gesorgt, Johnny – ich mag Sie und habe mich immer für Sie und Ihre Familie interessiert. Ich war der Meinung, daß ein Mädchen, das allein lebt und keine Arbeit hat, sich unglücklich fühlen muß. Ich tat Ihnen und ihr einen Gefallen, wenn ich ihr Arbeit gab, ihren Geist beschäftigte – das sehen Sie doch ein? Ich empfinde ein väterliches Interesse ...«

Er sah Johnnys herausfordernden Blick und senkte die Augen.

»Wollen Sie Ihre väterlichen Phrasen bei sich behalten, wenn Sie mit mir sprechen, Maurice?«

»Mein lieber Junge!«

»Hören Sie zu! Ich kenne Sie ziemlich genau. Ich kenne schon lange Ihren Ruf, und ich kenne Sie persönlich. Ich weiß genau, was hinter diesem väterlichen Interesse steckt. Wenn irgend etwas vorgefallen ist wie bei Gwenda Milton, dann sehen Sie sich vor! Ich scheue den Weg um neun Uhr morgens nicht!«

Messer warf den Kopf zurück.

»Was?« krächzte er heiser.

»Von der Zelle an den Galgen!« fuhr Lenley fort. »Und ich werde mich leichten Herzens auf die Falltür stellen – Sie verstehen mich doch?«

Messer stand auf.

»Sie wollen den Weg um neun Uhr morgens auf sich nehmen?« fragte er höhnisch. »Das ist sehr hübsch ausgedrückt. Aber nicht meinetwegen werden Sie ihn antreten – ich werde den Bericht darüber im Bett lesen.«

Er setzte sich ans Klavier, die Finger glitten über die Tasten, die herzerweichenden Töne des sentimentalen Liedes ›Tod eines Kosaken‹ erklangen.

»Ich habe diese Berichte immer im Bett gelesen«, rief er, weiterspielend, über die Schulter, »sie wirken beruhigend. Sie wissen doch, wie es heißt? Etwa so: ›Der Verurteilte verbrachte eine schlaflose Nacht und rührte das Frühstück nicht an. Festen Schrittes und schweigend bestieg er das Schafott. Ein Leben, das vielversprechend begonnen hatte, fand ein elendes Ende.‹«

»Ich habe Sie gewarnt, Maurice – wenn etwas vorfällt, erwische ich Sie noch vor dem Hexer!« Johnnys Stimme zitterte vor unterdrückter Erregung.

»Hexer!« Messer lachte verkrampft. »Glauben Sie auch an dieses Märchen?« Er ergriff das Glas Whisky, das er aufs Klavier gestellt hatte, und leerte es in einem Zug.

Johnny Lenley zog ein kleines Paket aus der Tasche und öffnete es. Darin lag, sorgfältig in Watte verpackt, ein mit Steinen besetztes Armband.

»Ich weiß nicht, was ich von Ihnen noch zu erwarten habe, jedenfalls – dafür bekomme ich noch etwas!«

»Oh, das Armband!« Messer ging damit ans Licht. »Und ich wunderte mich schon, was Sie damit angefangen hätten.«

»Ich holte es auf dem Weg hierher ab – bei einem Freund. Es ist das einzige, was mir geblieben ist. Drei Diebstähle – und dies das Resultat!«

Messer zupfte nachdenklich an seiner Oberlippe. In seinem Gehirn reifte ein Plan.

»Spielen Sie auf Ihre zweite Heldentat an? Ich meine – die kleine Sache in Camden Crescent?«

Lenley winkte ungeduldig ab.

»Die Camden-Crescent-Sache ist für mich erledigt. Der Kerl, den Sie mir mitgaben, ist mit dem Zeug durchgebrannt – so jedenfalls lautete Ihre Version ...«

»Ich habe Sie –«, begann Messer langsam und vertraulich, »damals belogen. Der Mann ist damit nicht durchgebrannt.«

»Was?«

»Er versteckte es im Nebenhaus und gab mir Bericht. Ich verhalf ihm dann zur Reise nach Südafrika. Doch wollte ich nichts mehr damit zu tun haben, nachdem die Darnleigh-Sache dazwischen gekommen war, und deshalb habe ich es Ihnen nicht gesagt. Es war mir einfach zu riskant, und ich habe die Sachen auch nie abholen lassen.«

»Lassen Sie sie, wo sie sind!« sagte Lenley, aber es klang unentschlossen und nicht sehr überzeugend.

Messer lachte. Es war heute sein erstes natürliches Lachen.

»Sie sind ein Narr! Sie haben Ihre Zeit abgesessen, und was haben Sie davon? Das!« Er hob das Armband hoch. »Wenn ich Ihnen dafür zwanzig Pfund gebe, mache ich Ihnen noch ein Geschenk. Dort auf dem Dach hinter dem Wasserbehälter aber liegt Zeug, das achttausend Pfund wert ist – es gehört Ihnen, wenn Sie es holen – Sie haben dafür bezahlt!« Messer überlegte sekundenschnell. »Drehen Sie es heute abend!« schlug er vor.

Lenley zögerte.

»Ich will es mir überlegen. Wenn Sie versuchen sollten, mich zu verzinken ...«

»Mein lieber Junge, ich versuche, Ihnen und damit Ihrer Schwester einen Gefallen ...«

»Wie ist die Hausnummer?«

»Siebenundfünfzig. Ich will Ihnen die zwanzig Pfund für das Armband gleich geben.« Er öffnete ein Schreibtischfach und nahm eine Kassette heraus. »Für den Anfang wird es reichen.«

Lenley war immer noch unentschlossen, Maurice spürte es genau.

»Wenn ich die Sachen hole, will ich den vollen Wert – oder

ich suche mir einen andern Hehler.« Er gebrauchte absichtlich dieses Wort, das Messer wütend machte.

»Sie wollen sich einen andern Hehler suchen?« Seine Stimme zitterte. »Da sind die Zwanzig!« Er warf das Geld auf den Tisch.

Lenley zählte und steckte es in die Tasche.

»Ich werde aufs Land ziehen – mit meiner Schwester! Es lohnt sich nicht, Ihretwegen gehenkt zu werden.« Er stand auf. »Der Hexer wird mir diesen Gang ersparen.«

Messer drehte sich rasch um. Die Zimmertür hatte sich geöffnet.

Es war Dr. Lomond, den Hackitt am frühen Morgen in die Rumpelkammer geführt und dann völlig vergessen hatte. Der Doktor blieb auf der Schwelle stehen, als er die beiden erblickte.

»Hallo – entschuldigen Sie! Störe ich eine Besprechung?«

»Kommen Sie herein, Doktor – kommen Sie! Das ist ein Freund von mir – Mr. Lenley.«

Zu Messers Verwunderung antwortete der Polizeiarzt: »Ja. Und ich habe mich eben ein wenig mit Ihrer Schwester unterhalten. Sie sind unerwartet – vom Lande zurückgekehrt, Mr. Lenley?«

»Ich bin soeben aus dem Gefängnis zurückgekehrt, wenn Sie das meinen«, erwiderte Johnny und wollte gehen.

Seine Hand lag schon auf der Türklinke, als die Tür aufgerissen wurde und Hackitt mit weißem Gesicht hereinstürzte. Er ging auf Messer zu und senkte die Stimme.

»Jemand möchte Sie sprechen.«

»Mich? Wer ist es?«

»Der Name ist mir nicht gesagt worden«, keuchte Sam. »Ich soll Ihnen ausrichten, daß er ein Bote des Hexers sei.«

Messer fuhr zurück.

»Der Hexer!« rief Lomond energisch. »Führen Sie ihn sofort herein!«

»Doktor!«

»Ich weiß, was ich tue.«

»Doktor! Sind Sie verrückt? Angenommen, angenommen . . .«

»Schon gut!« antwortete Lomond kurz.

29

Kurz darauf stand eine gutgekleidete, schlanke Dame in der Tür. Aus ihren Augen blitzte ein boshaftes Lächeln.

»Cora Ann!« stotterte Messer.

»Habe ich euch alle erschreckt?« Sie nickte hämisch nach allen Seiten. »Hallo, Doktor! Auch erschrocken? – Messer, ich möchte mit Ihnen reden.«

Sein Gesicht war immer noch blaß, aber er hatte die erste Panik niedergekämpft.

»Jawohl, meine Liebe ... Johnny!« Er sah Lenley scharf an. »Wenn Sie etwas brauchen, mein Junge, dann wissen Sie, wohin Sie zu gehen haben!«

Johnny verstand. Er warf noch einen neugierigen Blick auf die hübsche Besucherin und verließ das Zimmer.

»Hinaus!« brüllte Messer Hackitt an. Doch Sam blieb stehen.

»Den Ton können Sie sich ersparen, Messer! Ich höre sowieso hier auf.«

»Gehen Sie zum Teufel!« schrie Messer.

»Das nächste Mal nehme ich einen andern Anwalt«, sagte Sam.

»Das nächste Mal bekommen Sie sieben Jahre.«

»Eben – darum will ich ja einen andern Anwalt.«

Lomond und Cora Ann hörten dem Disput interessiert zu.

»Das hat man davon, wenn man dem Abschaum hilft!« regte sich Messer auf, als sein Diener verschwunden war.

Auch Dr. Lomond verließ das Zimmer, kündigte jedoch an, daß er noch einmal zurückkommen werde. Maurice wartete, bis sich die Tür hinter ihm schloß.

»Nun, liebe Cora Ann, Sie werden immer hübscher. Und wo ist Ihr Mann?«

Sie blickte sich im Zimmer um.

»Also das ist Ihr Liebesnest?« fragte sie verächtlich. »Ich habe Gwenda nicht gekannt – ich wünschte aber, es wäre der Fall gewesen. Ich erfuhr vom Selbstmord des armen Kindes, als ich nach Australien unterwegs war.« Sie ging zur Tür, öffnete sie ein wenig und lauschte. Dann näherte sie sich wieder Messer, der sich hingesetzt und eine Zigarette angezündet hatte.

»Hören Sie zu – dieser schottische Doktor wird gleich zurückkommen.« Flüsternd begann sie auf ihn einzureden: »Warum gehen Sie nicht fort? Verlassen Sie das Land – gehen Sie irgendwohin, wo niemand Sie finden kann, nehmen Sie einen andern Namen an! Sie sind ein reicher Mann – Sie können es sich leisten!«

»Sie haben wohl Auftrag, mich aus England herauszulocken?«

»Er wird Sie erwischen, Messer! Das ist es gerade, was ich befürchte. Daran denke ich Tag und Nacht, es ist schrecklich . . .«

»Mein liebes Kind . . .« Er versuchte, über ihren Arm zu streichen, aber sie wich zurück. »Sorgen Sie sich nicht um mich!«

»Um Sie? Wenn ich Sie mit dem kleinen Finger vor der Hölle retten könnte, würde ich es nicht tun! Verlassen Sie England! Arthur möchte ich retten – nicht Sie! Gehen Sie fort – geben Sie ihm keine Gelegenheit, Sie zu töten!«

»Ach! Wie geistreich!« Er lachte zynisch. »Er selbst wagt sich nicht zurück, darum hat er Sie geschickt . . .«

Coras Augen schlossen sich halb.

»Wenn Sie getötet werden, wird es hier sein! Hier in diesem Zimmer, wo Sie . . . Sie armseliger Schuft! Sie Dummkopf!«

»Aber kein so großer Dummkopf, daß ich in die Falle ginge! Angenommen, Ihr Mann wäre noch am Leben: In London bin ich sicher – in Argentinien würde er auf mich warten, in Australien, überall würde er mich erwarten, und wenn ich in Cape Town an Land ginge . . . Nein, nein, meine Liebe, mich können Sie nicht fangen!«

Sie wollte noch etwas sagen, aber die Tür ging auf, und Dr. Lomond kam herein.

»Hallo, kleine Frau, sind Sie mit Ihrer Unterhaltung fertig?«

Messer, verärgert und irritiert von der vorangegangenen Unterhaltung, benützte die Gelegenheit, sich in sein kleines Büro zurückzuziehen, wo er nicht gesehen werden, aber alles hören konnte. Er hatte das unangenehme Gefühl, in seinem eigenen Hause zu stören.

Cora Ann schaute ihm nach, dann warf sie einen raschen Blick auf den Doktor und sagte ernst:

»Hören Sie, Dr. Lomond, wenn Sie es wissen wollen – mein

Hexer ist in Gefahr ... Aber nicht die Polizei fürchte ich. Soll ich Ihnen etwas sagen?«

»Ist es für meine Ohren geeignet?«

»Das soll meine Sorge sein! Ich will es Ihnen ganz offen sagen, Doktor. Ich habe das Gefühl, daß es auf der ganzen Welt nur einen Mann gibt, der Arthur Milton fangen wird, und dieser Mann sind – Sie!«

»Sie sind verrückt!«

»Warum?«

»Sich an einen Schatten hängen! Ein hübsches Mädchen wie Sie ... Sie vergeuden Ihr Leben.«

»Was Sie nicht sagen!«

»Sie wissen ganz genau, daß es so ist. Ein Hundeleben! Wie schlafen Sie?«

»Schlafen!« Sie hob verzweifelt die Arme. »Schlafen!«

»Ja, schlafen. In einem Jahr haben Sie einen Nervenzusammenbruch. Hat das einen Sinn?«

»Was wollen Sie eigentlich?« fragte sie atemlos.

»Soll ich es Ihnen sagen? Ich möchte nur wissen, ob Sie es aushalten werden! – Wäre es nicht besser, wenn Sie fortgingen, den Hexer vergessen würden? Verstoßen Sie ihn aus Ihren Gedanken, suchen Sie sich ein anderes – Interesse!« Er lachte.

Sie sprang auf.

»Hören Sie, was wollen Sie eigentlich von mir?« wiederholte sie erregt.

»Ich denke nur an Sie – ich schwöre Ihnen ...«

»Sie sind ein Mann – ich weiß jetzt, was für ein Mann Sie sind. Ich habe mich in die Hölle gesetzt, und dort will ich bleiben!«

Sie nahm ihre Handtasche vom Tisch.

»Ich habe Sie gewarnt«, sagte Lomond traurig.

»Sie mich gewarnt, Doktor! Wenn Arthur Milton sagt: ›Ich bin deiner überdrüssig‹ – dann gehe ich. Sie haben mich ... Ich nehme Ihre Warnung nicht an!«

Bevor er antworten konnte, war sie aus dem Zimmer.

Messer, der die Szene beobachtet hatte, kam jetzt langsam auf den Polizeiarzt zu.

»Sie haben Cora Ann sehr zugesetzt?«

»Ja.« Abwesend griff Lomond nach seinem Hut.

»Frauen sind eigenartig«, meinte Messer. »Man könnte beinahe glauben, daß die Frau Sie liebt, Doktor!«

»Nehmen Sie das an?« Lomond wirkte zerstreut. »Ich will sehen, daß ich wegkomme – habe mich lange genug hier aufgehalten.«

30

Messer hatte wieder einen klaren Kopf. Johnny bedeutete eine Gefahr. Seine Drohungen – er wäre imstande, sie wahr zu machen. Würde er verrückt genug sein, diese Nacht nach Camden Crescent zu gehen? Messers Gedanken liefen weiter zu Mary. Alle Widerstände und der drohende Verlust machten sie nur begehrenswerter. Seine Leidenschaft war emporgeschossen wie ein tropisches Gewächs.

Er setzte sich ans Klavier. Bei den ersten Tönen kam Mary herein. Anfangs bemerkte er sie nicht, erst ihre Stimme schreckte ihn auf.

»Maurice . . .«

Er blickte sie an, ohne sie zu sehen.

»Maurice!«

Das Klavierspiel hörte auf.

»Maurice, Sie müssen einsehen, daß ich nicht mehr bei Ihnen arbeiten kann – jetzt, wo Johnny zurück ist!«

»Das ist Unsinn, meine Liebe!« Er sagte es in seinem väterlichen, oft erprobten Ton.

»Er ist mißtrauisch«, entgegnete sie, aber er lachte.

»Mißtrauisch! Ich wünschte, er hätte Grund, mißtrauisch zu sein!«

»Sie wissen selbst, daß ich nicht bleiben kann.«

Er stand auf, trat zu ihr und legte die Hände auf ihre Schultern.

»Sie sind töricht! Man könnte denken, ich wäre ein Aussätziger oder weiß der Himmel was! Welch ein Unsinn!«

»Johnny würde mir nie verzeihen!« wehrte sie sich verzweifelt.

»Johnny, Johnny!« fuhr er auf. »Wollen Sie Ihr Leben von Johnny regieren lassen? Von ihm, der vielleicht sein halbes Leben im Gefängnis verbringen wird?«

Sie blickte ihn fragend an.

»Ja – betrachten wir die Sache so, wie sie ist«, fuhr er gewichtig fort. »Es hat keinen Zweck, sich selbst zu täuschen. Johnny ist ein heruntergekommener Mensch. Sie wissen es nicht, meine Liebe, und ich habe stets versucht, es vor Ihnen zu verbergen ...«

»Vor mir zu verbergen – was?« Sie war blaß geworden.

»Nun ...« Er heuchelte Zögern vor. »Was glauben Sie, was der Junge, kurz bevor er festgenommen wurde, getan hat? Ich bin sein bester Freund gewesen, wie Sie ja selbst wissen, und trotzdem, nun – er hat unter einen Scheck über vierhundert Pfund meinen Namen gesetzt.«

Sie schaute ihn entsetzt an.

»Urkundenfälschung?«

»Was für einen Sinn hat es, das Kind beim Namen zu nennen? Jedenfalls ...« Er holte einen Scheck aus seiner Brieftasche. »Ich habe ihn hier.«

Sie versuchte, den Namen auf dem länglichen Papier zu erkennen, aber es gelang ihr nicht. In Wirklichkeit war es ein Scheck, den er erst mit der Morgenpost erhalten hatte, und die Geschichte mit der Fälschung war ihm soeben eingefallen. Im entscheidenden Moment fiel Messer immer eine Lüge ein.

»Können Sie ihn nicht vernichten?« fragte Mary zitternd.

»Ja, das könnte ich. Aber Johnny ist rachsüchtig. Aus Selbstschutz muß ich das Ding aufbewahren.« Er steckte den Scheck wieder ein. »Ich werde selbstverständlich keinen Gebrauch davon machen!« warf er gönnerhaft hin. Mit seiner sanftesten Stimme schloß er: »Ich möchte mit Ihnen über Johnny und alles andere sprechen. Jetzt geht es nicht, wir werden ja ständig gestört. Kommen Sie zum Abendessen, wie ich es Ihnen schon einmal vorgeschlagen habe!«

»Sie wissen, daß ich es nicht tun will, Maurice! Ist es denn unbedingt nötig, daß die Leute über mich reden wie über Gwenda Milton?«

Sein Gesicht verzerrte sich vor Wut.

»Großer Gott! Soll mir das dauernd am Hals hängenbleiben? Gwenda Milton, eine Halbverrückte, die nicht genug Verstand hatte, um leben zu können! – Gut – wenn Sie nicht kommen wollen, dann lassen Sie es! Warum soll ich mir Johnnys wegen den Kopf zerbrechen? Warum auch?«

Sie erschrak über seine plötzliche Heftigkeit.

»Oh, Maurice, Sie sind ungerecht! Wenn Sie absolut wollen, daß ich . . .«

»Es ist mir egal. Wenn Sie glauben, ohne mich auskommen zu können, versuchen Sie es! Ich falle vor Ihnen sowenig wie vor irgendeiner anderen Frau auf die Knie. Gehen Sie nur aufs Land – ich sage Ihnen im voraus, daß Johnny nicht mitkommt.«

Sie faßte ihn am Arm, furchtbar erschrocken über die versteckten Drohungen.

»Maurice – natürlich . . . Entschuldigen Sie . . . Selbstverständlich will ich tun, was Sie wünschen, das wissen Sie doch!«

Er blickte sie eigenartig an.

»Kommen Sie um elf Uhr!« sagte er. »Wenn Sie eine Anstandsdame brauchen, dann bringen Sie einfach den Hexer mit!«

Er hatte kaum ausgesprochen, als dreimal vorsichtig geklopft wurde. Maurice schrak zusammen, seine zitternde Hand griff nach dem Mund. »Wer ist da?« rief er verstört.

Eine tiefe männliche Stimme antwortete.

»Ich möchte Sie sprechen, Messer!«

Maurice ging zur Tür und riß sie auf. Das finstere Gesicht von Inspektor Bliss starrte ihm entgegen.

»Was – was machen Sie hier?« keuchte Messer.

Bliss verzog das Gesicht, seine weißen Zähne glänzten auf.

»Ich beschütze Sie vor dem Hexer – wache über Sie wie ein Vater!« erklärte er mit rauher Stimme. Langsam wandte er sich Mary zu. »Sie brauchen, glaube ich, auch etwas Bewachung?«

»Ich fürchte den Hexer nicht«, erwiderte sie. »Er würde mir nichts zuleide tun.«

Bliss lachte anzüglich.

»Ich denke auch nicht an den Hexer«, bemerkte er, und sein Blick kehrte zu Maurice Messer zurück.

31

Die Rückkehr Johnny Lenleys brachte Maurice Messer in die größte Verlegenheit. Wenn ihm früher Johnnys Benehmen nicht gepaßt hatte, haßte er es jetzt. Die ewige Drohung Gwenda Miltons wegen machte ihn verrückt. Gerade jetzt, wo er sich nahe am Ziel seiner Wünsche glaubte, tauchte Lenley wieder auf.

Das Gefängnis hatte Johnny ernster und älter gemacht. Er war fortgegangen als verwöhnter Schwächling – nun kam er als ernster, gefährlicher Mann zurück, der vor nichts zurückschrekken würde, wenn er etwas erführe. Noch gab es keinen Grund; und Messer fühlte sich Marys keineswegs sicher, wohl aber versetzten ihn unerwartetes Klopfen, eine langsam sich öffnende Tür in hysterische Panik.

Am Nachmittag, als er mit Mary allein war, trat er hinter sie und legte die Hände auf ihre Schultern. Er fühlte, wie sie zusammenzuckte.

»Vergessen Sie nicht, was wir heute morgen verabredet haben!« erinnerte er sie.

Sie entwand sich seinem Griff und drehte sich ihm zu.

»Maurice, stimmt die Geschichte mit dem Scheck? Sie haben nicht gelogen?«

Er nickte nur.

»Wir sind allein. Können wir nicht jetzt darüber sprechen? Ist es denn nötig, daß ich heute abend komme?«

»Gewiß ist es nötig«, antwortete er kühl. »Was Johnny betrifft – betrachten Sie die Situation nüchtern, so wie sie ist, nicht wie Sie sie sehen möchten. Und Sie müssen einsehen, daß ich mich gegen Johnny schützen muß. Solche ...« Beinah hätte er ›Esel‹ gesagt, brach aber noch rechtzeitig ab. »Ich meine, diese jungen Leute sind unberechenbar.«

Er spürte ihre Angst und Ratlosigkeit und freute sich darüber. Wie einfältig Frauen sein konnten, sogar gescheite Frauen! Er hatte längst aufgehört, über ihre Vertrauensseligkeit erstaunt zu sein. Leichtgläubigkeit war eine Schwäche, die er nicht verstehen konnte.

»Aber, Maurice, ist nicht jetzt eine gute Gelegenheit? Niemand wird Sie unterbrechen – Sie sind doch hier auch stundenlang allein mit Ihren Klienten! Erzählen Sie mir von dem Scheck, und wie er dazu kam, ihn zu fälschen. Ich möchte es ganz genau wissen.«

Er breitete theatralisch die Arme aus, als wollte er um Hilfe rufen.

»Sie sind ein richtiges Kind, Mary! Wie können Sie annehmen, daß ich jetzt in Stimmung dazu bin! Halten Sie sich an unsere Abmachung, meine Liebe!«

Sie blickte ihn an. »Maurice, ich will offen sein . . .«

Was kommt jetzt? dachte er. Aus ihrer Stimme klangen Mut und Entschlossenheit, die er an ihr nicht kannte. Sie wirkte auf einmal nicht mehr ängstlich und erschrocken wie heute morgen oder noch vorhin, und dies setzte ihn für eine Sekunde in Erstaunen.

»Soll ich heute abend kommen – wirklich nur, um über den Scheck, den Johnny gefälscht hat, zu sprechen?«

Die Bestimmtheit der Frage verblüffte ihn so, daß er eine ganze Weile nicht antworten konnte.

»Selbstverständlich! Ja . . . Das heißt, nicht nur über die Fälschung, auch über viele andere Dinge muß ich mit Ihnen sprechen, Mary. Wenn Sie wirklich aufs Land wollen, müssen wir alles vorbereiten, Mittel und Wege finden. Sie können nicht ohne weiteres nach Devonshire oder sonstwohin fliegen. Ich will mir von einem Agenten, den ich vertrete, Prospekte besorgen. Wir können sie dann zusammen durchsehen.«

»Maurice, stimmt das wirklich alles? Ich will es wissen.«

»Mary«, begann er, »ich mag Sie sehr gern . . .«

»Bedeutet das – daß Sie mich lieben?«

Diese kaltblütige Frage brachte ihn aus der Fassung.

»Bedeutet es, daß Sie mich lieben, daß Sie mich heiraten wollen?« fragte sie.

»Aber selbstverständlich!« stammelte er. »Ich habe Sie sehr gern. Nur – Heirat ist eine der Verrücktheiten, die ich bis jetzt vermieden habe. Bedeutet die Ehe etwas, meine Liebe? Einige Worte, die von einem bezahlten Diener in der Kirche gemurmelt werden . . .«

»Dann wollen Sie mich also nicht heiraten?« fragte sie ruhig.

»Selbstverständlich, wenn Sie wünschen ...«

Sie schüttelte den Kopf.

»Ich liebe Sie nicht – und will Sie nicht heiraten! Was wollen Sie eigentlich von mir?«

Sie stand nahe bei ihm. Im nächsten Augenblick lag sie, sich wehrend, in seinen Armen.

»Ich will Sie – Sie!« keuchte er außer Atem.

Sie raffte alle ihre Kräfte zusammen und riß sich von ihm los.

»Ich verstehe!« Sie brachte die Worte kaum heraus. »Ich dachte mir das – ich werde heute nacht nicht kommen!«

Messer konnte nicht sprechen. Er sah sie nur an, seine Augen brannten. Einmal hob er die Hand, um seine zitternden Lippen zu verbergen. Dann flüsterte er kaum vernehmbar:

»Ich will, daß Sie heute hierherkommen. Sie sind gegen mich offen gewesen, auch ich will gegen Sie offen sein. Ich will Sie – und ich will die Furcht und Ungewißheit, die auf Ihrem Leben liegt, von Ihnen nehmen; ich will Sie aus Ihrer kläglichen Umgebung herausholen. Sie wissen doch, wie es um Ihren Bruder steht? Er ist mit Bewährungsfrist entlassen worden. Er hat noch zwei Jahre und fünf Monate abzusitzen. Wenn ich eine Klage wegen Fälschung gegen ihn vorbringe, wird er sieben Jahre bekommen – und die Zeit, die er noch nicht abgesessen hat, dazu. Neuneinhalb Jahre ... Sie wissen doch, was das bedeutet? Wenn Sie ihn wiedersehen, sind Sie über dreißig Jahre alt!«

Sie wankte. Er faßte ihren Arm, aber sie stieß ihn zurück.

»Eine andere Möglichkeit gibt es nicht?« fragte sie leise. »Einen Dienst, den ich Ihnen erweisen könnte? Ich will Ihre Wirtschaft führen, als Ihre Dienstmagd arbeiten ...«

»Sie werden theatralisch, meine Liebe – das ist Blödsinn! Warum über ein kleines Abendessen, eine kleine – hm – freundliche Unterhaltung soviel Aufhebens machen?« Sie sah ihn ruhig an.

»Wenn ich es Johnny sage ...«, begann sie langsam.

»Wenn Sie es Johnny sagen, kommt er hierher und wird noch theatralischer sein, und ich werde die Polizei anrufen. Das wäre das Ende Johnnys. Sie verstehen mich doch?«

Sie antwortete nicht.

32

Um fünf Uhr sagte ihr Messer, daß sie nach Hause gehen könne. Der Abendbesuch wurde nicht mehr erwähnt, und sie eilte aus dem Haus. Es dämmerte, über Deptford lag ein leichter Nebel.

Wenn sie zu Alan ginge? Sie verwarf diesen Gedanken sofort wieder. Sie mußte sich selbst helfen. Wenn Johnny zu Hause gewesen wäre, hätte sie ihm wahrscheinlich alles erzählt, oder er würde ihrem vergrämten Gesicht angesehen haben, daß etwas Ungewöhnliches vorgefallen war.

Aber Johnny war nicht zu Hause. Ein Zettel von ihm lag auf dem Tisch, darauf teilte er mit, daß er einen Bekannten in der Stadt aufsuchen wolle. Sie ging in ihr Zimmer.

Die kleine Hausangestellte kam und meldete, daß ein Herr Mary zu sprechen wünsche.

»Ich will niemand sehen. Wer ist es?«

»Ich weiß es nicht, Miss. Er hat einen Bart.«

Sie ging schnell durch das Eßzimmer in die kleine Diele. Was wollte dieser Mann von Scotland Yard? Hatte Maurice ihn geschickt?

»Bitte, kommen Sie herein!« forderte sie ihn auf.

Er trat ein. Nur langsam nahm er den Hut ab, als ob es ihm widerstrebte, ihr diese Höflichkeit zu erweisen.

»Ich hörte, daß Ihr Bruder gestern aus dem Gefängnis entlassen worden ist. Oder war es heute?«

»Gestern«, sagte sie. »Er ist heute morgen nach Hause gekommen.«

Zu ihrem Erstaunen sprach er nicht weiter über Johnny, sondern holte eine Morgenzeitung aus der Tasche und faltete sie so, daß eine Anzeigenspalte zu sehen war. Sie las die Annonce, auf die er mit dem Finger zeigte:

X2 Z$^{1}/_{2}$ L Ba T. QQ 57 g.
LL 418 TS. A 79 Bf.

»Was bedeutet das?« fragte sie.

»Das möchte ich gerade wissen«, erwiderte Bliss, indem er sie prüfend ansah. »Entweder ist es eine Botschaft des Hexers an seine Frau oder umgekehrt. Der Kode dazu wurde vor einiger Zeit in Ihrer Wohnung verloren. Ich möchte, daß Sie mir diesen Kode zeigen.«

»Es tut mir leid, Mr. Bliss – aber der Kode ist mir ja doch gestohlen worden, ich dachte von . . .«

»Sie dachten von mir?« Er lachte grimmig. »Sie haben also die Geschichte nicht geglaubt, die ich erzählt habe – daß ein Mann in Ihre Wohnung hinaufkletterte und daß ich ihm folgte? Miss Lenley, ich habe Veranlassung, zu glauben, daß der Kode nicht aus Ihrer Wohnung gestohlen wurde, sondern noch hier ist, und daß Sie wissen, wo er sich befindet.«

Obgleich sie diese Vermutung beleidigend fand, hatte sie doch das Gefühl, daß er sie nur auf die Probe stellen wollte.

»Der Kode ist nicht hier!« antwortete sie bestimmt. »Ich vermisse ihn seit dem Abend, an dem der Einbruch geschah.«

Sie wurde nicht klug daraus, ob sein seltsamer Blick Erleichterung oder Zweifel bedeutete.

»Ich muß es Ihnen glauben, wenn Sie es sagen.« Er faltete die Zeitung zusammen. »Stimmt Ihre Aussage, dann kann den Kode niemand anders als der Hexer oder seine Frau haben.«

Mary war verwirrt. Bliss ließ sie nicht aus den Augen.

»Selbstverständlich, falls nicht . . .«

»Meine Annahme ist«, unterbrach sie Bliss, »daß es der Hexer selbst war. – Fürchten Sie den Hexer, Miss Lenley?«

»Natürlich nicht.« Trotz ihrer Sorgen mußte sie lächeln. »Warum sollte ich ihn auch fürchten? Ich habe ihm nichts zuleide getan.«

»Und Messer – wie gefällt Ihnen Messer?«

Jedermann stellte ihr diese Frage, es begann, ihr auf die Nerven zu gehen. Er schien es zu bemerken, denn ohne auf Antwort zu warten, sprach er weiter: »Miss Lenley, Sie müssen auf Ihren Bruder aufpassen! Er ist ein ziemlich törichter junger Mann.«

»Das denkt auch Maurice Messer.« Die Bemerkung war ihr entschlüpft, eine kleine Bosheit, die sie ein wenig erleichterte.

»Denkt er das wirklich?« Es schien Bliss zu erheitern. »Gut, das ist alles. Es tut mir leid, daß ich Sie gestört habe.«

An der Tür drehte er sich nochmals um.

»Aber Wembury ist ein netter Kerl, nicht wahr?«

Er zog selbst die Zimmertür hinter sich zu. Als sie sie wieder öffnete, sah sie gerade noch, wie er durch die Wohnungstür verschwand.

Mary mußte nochmals ausgehen, die Läden schlossen um sieben Uhr, und sie hatte nur abends Zeit, ihre Einkäufe zu machen. Mit einem Körbchen am Arm ging sie in die High Road und kaufte ein. Als sie nach Malpas Mansions zurückeilte, sah sie einen Mann vor sich her gehen. Er trug einen grauen Überzieher; am schlürfenden Gang und an der vorgebeugten Haltung erkannte sie den Spaziergänger sogleich. Sie wollte vorbeigehen, ohne zu sprechen, doch Lomond redete sie an.

»Es ist hübsch, ein Mädchen mit einem Körbchen zu sehen – nur die Eier, die Sie gekauft haben, lassen zu wünschen übrig.«

»Ich wußte nicht, daß ich unter Polizeiaufsicht stehe!«

Sie mußte lachen.

»Es ist eigenartig, aber nur wenige Leute wissen das«, bemerkte er trocken. »Ich habe Sie im Eierladen beobachtet, mein Kind. Sie haben einen vertrauensvollen Charakter. Diese angeblich frischgelegten Eier stammen aus Methusalems Zeiten.« Im Lichtschein eines Schaufensters sah er ihr betroffenes Gesicht und mußte nun seinerseits lachen. »Ich möchte Ihnen sagen, Miss Lenley, ich bin ein sehr guter Beobachter. Ich beobachte Eier, Schädel, Kinnbacken, Nasen, Augen und Detektive! War Mr. Bliss unangenehm? Oder war es nur ein Anstandsbesuch?«

»Wieso wissen Sie, daß mich Mr. Bliss aufgesucht hat?« fragte sie verblüfft.

»Er interessiert mich! Er ist geheimnisvoll, und geheimnisvolle Dinge haben für einen einfachen alten Mann wie mich große Anziehungskraft.«

Sie verabschiedete sich. Zu Hause traf sie gleichzeitig mit Johnny ein. Er war guter Laune, scherzte über ihre Eier und sprach trübe Vorahnungen über deren Wirkungen auf seine Verdauung aus. Dann sagte er etwas, das sie zutiefst erfreute.

»Dieser Wembury ist gar kein übler Kerl! Das erinnert mich übrigens, daß ich nach Flanders Lane gehen müßte, um mich dort zu melden.«

»Du hast doch Bewährungsfrist, Johnny – und, wenn nun etwas geschehen sollte ... Ich meine, müßtest du dann den Rest der Strafe absitzen?«

»Wenn etwas geschehen sollte?« fragte er scharf. »Was meinst du?« Gleichgültig fuhr er fort: »Du bist töricht, Mary, ich will von nun an ein anderes Leben führen.«

»Aber wenn es der Fall wäre ...«

»Selbstverständlich müßte ich mit der neuen Strafe auch den Rest der alten absitzen. Aber da nichts, wie du sagtest, geschehen wird, können wir dies außer acht lassen. Ich hoffe, daß dich Messer nicht mehr lange braucht, und du in ein oder zwei Wochen mit ihm fertig sein wirst. Ich sehe es nicht gern, daß du dort arbeitest, Mary!«

»Ich weiß, Johnny, aber ...«

»Ja, ja, ich verstehe. Du hast noch nie abends gearbeitet?«

Sie konnte es wahrheitsgemäß verneinen.

»Du tust gut daran, Maurice nur während der Bürostunden zu sehen!« Er steckte sich eine Zigarette an. Eine Rauchwolke in die Luft blasend, überlegte er sich die Lüge, die er ihr jetzt sagen mußte. »Ich werde heute abend vielleicht spät nach Hause kommen. Ein Herr, den ich kennengelernt habe, hat mich gebeten, mit ihm im Westend zu speisen. Es macht dir doch nichts aus?«

»Nein. Wann wirst du etwa zurück sein?«

Er dachte einige Sekunden nach.

»Nicht vor Mitternacht – vielleicht auch etwas später.«

»Ich – ich werde vielleicht auch spät nach Hause kommen, Johnny«, sagte sie mit Herzklopfen und bezwang ihre aufgeregte Stimme. »Ich bin eingeladen. Es ist eine Familie, deren Bekanntschaft ich gemacht habe.«

Würde er sich täuschen lassen? Es sah so aus, denn er nahm die sagenhafte Familie hin, ohne zu fragen.

»Amüsiere dich, Kleines, soviel du kannst!« rief er auf dem Weg in sein Zimmer, indem er bereits seinen Rock auszog. »Ich glaube nur, deine Gesellschaft wird nicht so schön sein wie in den alten Tagen auf Lenley Court. Doch warte – wenn wir aufs Land kommen, wollen wir auf die Jagd gehen, reiten ...«

Johnny verließ das Haus um acht Uhr, und sie setzte sich hin, grübelnd, wartend. Wie würde dieser Tag enden? Alan kam ihr in den Sinn. Was würde er ... Sie verscheuchte die Gedanken an ihn und beobachtete den Minutenzeiger der kleinen amerikanischen Uhr, der sich viel zu schnell vorwärtsschob.

33

Der Nebel, der über Deptford lag, dehnte sich weit ins Land hinaus. Eine Stunde nach der Unterhaltung zwischen Mary und Johnny fuhr ein starkmotoriger Zweisitzer auf der Landstraße durch den Nebel stadtauswärts. Zwischen Hatfield und Welwyn bog er in eine Straße ein, die nur noch von Lastfuhrwerken benutzt wurde. Während des Krieges war hier ein Flugplatz unterhalten worden, doch inzwischen hatte das Grundstück so oft den Besitzer gewechselt, daß niemand mit Sicherheit den Namen des jeweiligen Eigentümers hätte nennen können.

Der Fahrer des Sportwagens schaltete die Lichter aus und ging schnell auf einen Schuppen zu. Er hörte einen Hund bellen und den Anruf eines Mannes.

»Sind Sie es, Oberst Dane?«

»Ja.«

»Ich habe die Maschine in Ordnung gebracht, aber Sie werden heute nacht nicht nach Paris fliegen können. Der Nebel ist zu dicht. Ich habe mit dem Flugplatz in Cambridge gesprochen. Man sagte mir dort, daß der Nebel bis in eine Höhe von 660 Meter reicht und sich bis über den Kanal erstreckt.«

»Famos! Fliegen im Nebel ist meine Spezialität.«

Der Aufseher des Schuppens brummte, daß eben jeder seinen eigenen Geschmack habe. Er ging mit einer schwach leuchtenden Laterne voraus. Unter Aufwand aller Kräfte schob er die breite Tür zurück. Beim Schein seiner Laterne wurden die Propeller und der Rumpf eines Flugzeuges sichtbar.

»Eine schöne Kiste, Oberst!« sagte der Aufseher anerkennend. »Wann glauben Sie, kommen Sie zurück?«

»In einer Woche«, antwortete Oberst Dane. Sein Mantelkragen war hochgeschlagen, die Lederhaube reichte bis tief in die Stirn. Außer den scharfblickenden Augen war von seinem Gesicht nichts zu sehen.

»Ja, ein schöner Kasten«, wiederholte der Aufseher. »Ich habe mich den ganzen Nachmittag damit beschäftigt.«

Der Aufseher war früher Mechaniker bei einer Fliegerabteilung gewesen und hatte später diesen Schuppen und das kleine Haus in der Nähe, in dem er jetzt wohnte, gepachtet. Im Moment war er jedenfalls der bestbezahlte Flugzeugmechaniker in ganz England.

»Die Polizei war heute hier, Sir«, berichtete er. »Sie haben herumgeschnüffelt und wollten wissen, wer der Eigentümer sei. Ich sagte, daß es ein ehemaliger Fliegeroffizier sei, der eine Fliegerschule gründen wolle. Ich mache mir manchmal Gedanken, Sir, wer Sie wirklich sein könnten.«

Der Oberst lachte.

»An Ihrer Stelle würde ich nicht zuviel nachdenken, Green! Sie werden bezahlt, um an nichts anderes als an die Maschine und den nötigen Betriebsstoff zu denken!«

»Ich hatte mir nämlich allerhand Möglichkeiten ausgedacht«, äußerte der beharrliche Green. »Ich dachte, daß Sie vielleicht Rauschmittel nach dem Kontinent schmuggeln. Wenn Sie dies tun, geht es mich natürlich nichts an.« Dann fragte er ganz unzusammenhängend: »Haben Sie schon vom Hexer gehört, Sir? Da steht heute abend etwas in der Zeitung.«

»Der Hexer? Wer, zum Teufel, ist das?«

»Ein Kerl, der sich verkleidet. Die Polizei ist schon seit Jahren hinter ihm her.« Green las alle Polizeiberichte und konnte über alle Hinrichtungen der letzten zwanzig Jahre Auskunft geben.

»Er war bei den Fliegern, wie man sagt . . .«

»Ich habe nie von ihm gehört«, unterbrach der Oberst. »Bleiben Sie mal draußen, Green!«

Er ging in den Schuppen und kontrollierte das Flugzeug.

»Ja, es ist alles in Ordnung!« rief er, als er von der Maschine heruntersprang. »Ich weiß noch nicht, um wieviel Uhr ich starte, aber wahrscheinlich noch in der Nacht. Stellen Sie das Flugzeug hinter den Schuppen, dem langen Feld zugekehrt – Sie haben doch den Boden in Ordnung gebracht für den Start?«

»Der Boden ist völlig glatt«, meldete Green.

»Gut.«

Oberst Dane nahm ein flaches Bündel Banknoten aus der Tasche und zählte ein Dutzend Scheine ab, die er seinem Mechaniker übergab.

»Da Sie so verflucht neugierig sind, lieber Freund, will ich es Ihnen sagen. Ich beabsichtige, mit einer Dame durchzubrennen – romantisch, nicht wahr?«

»Die Frau eines anderen?« fragte Green, den Skandale ebenso interessierten wie Hinrichtungen.

»Ja, so ist es. Wenn ich Glück habe, bin ich entweder heute nacht um zwei oder morgen nacht um zwei hier. Je dichter der Nebel, um so besser. Gepäck wird keines dabei sein – stellen Sie also soviel Treibstoff wie möglich bereit.«

»Wohin soll es gehen, Oberst?«

»Vielleicht Frankreich – oder Belgien, Norwegen, die Nordküste von Afrika, die Südküste von Irland – wer kann es wissen? Ich kann Ihnen nicht sagen, wann ich zurückkomme, aber ich lasse Ihnen genug Geld da, daß Sie ein Jahr bequem davon leben können. Wenn ich in zehn Tagen nicht zurück bin, würde ich Ihnen raten, den Schuppen zu vermieten und den Mund zu halten. Mit etwas Glück werden wir uns wiedersehen.«

Rasch ging er zu seinem Wagen zurück. Der neugierige Green begleitete ihn und versuchte vergeblich, sein Gesicht zu erblicken. Nicht ein einziges Mal hatte er seinen seltsamen Arbeitgeber gesehen, der ihn bei Nacht angestellt und immer nur bei Nacht besucht hatte - jedesmal bei einem Wetter, das einen langen Regenmantel oder einen dicken Ulster verlangte.

Green wurde den Eindruck nicht los, daß sein Arbeitgeber einen Bart trug, und auch bei den späteren Zeugenaussagen vertrat er diese Meinung. Ob er aber tatsächlich einen Bart trug oder glatt rasiert war, hatte er wegen des hochgeschlagenen Mantelkragens nie sehen können.

»Da wir gerade vom Hexer sprachen . . .«, begann Green von neuem.

»Ich habe nicht davon gesprochen«, erwiderte der Oberst kurz und stieg in den Wagen. »Folgen Sie meinem Rat, Green! Ich weiß über diesen Burschen nichts, aber offenbar ist er gefährlich – denken Sie also lieber an Flugzeuge, die sind weniger gefährlich!«

Zwei, drei Sekunden – dann war das Schlußlicht des Wagens im Nebel verschwunden.

34

Früh am Abend folgte Alan Wembury einer eiligen Aufforderung Messers, ihn aufzusuchen.

»Es tut mir leid, Sie bemüht zu haben, Inspektor . . .«

Messer stockte und wußte nicht, wie er fortfahren sollte, was nicht oft bei ihm vorkam. »Tatsache ist . . . Ich muß eine sehr unangenehme Pflicht erfüllen – eine sehr unangenehme . . . Um die Wahrheit zu sagen – es ist mir sehr zuwider, dies zu tun.«

Alan wartete schweigend.

»Es handelt sich um Johnny. Sie verstehen doch meine Lage, Wembury? Ich stehe unter Verdacht – allerdings ungerechtfertigterweise –, aber das Polizeipräsidium verdächtigt mich.«

Was würde nun kommen? fragte sich Alan einigermaßen gespannt.

»Ich darf keine Gefahr laufen, begreifen Sie?« begann Messer wieder. »Vor einigen Wochen hatte ich es wegen Mary – Miss Lenley – gewagt. Doch jetzt kann ich es nicht mehr. Wenn ich von einem beabsichtigten oder geplanten Verbrechen erfahre, bleibt mir nur ein Weg offen – die Polizei zu benachrichtigen!«

Jetzt verstand Wembury. Aber er schwieg noch immer.

Maurice ging im Zimmer auf und ab. Er wußte um die Verachtung, die ihm dieser Mann entgegenbrachte, und darum haßte er ihn.

»Sie verstehen mich doch?« fragte er.

»Nun?« Alan ekelte die Geschichte an. »Was für ein Verbrechen will Lenley begehen?«

Messer seufzte tief.

»Sie wissen wahrscheinlich, daß die Darnleigh-Sache nicht Johnnys erste war. Vor ungefähr einem Jahr fand der Einbruch bei Miss Bolter statt. Erinnern Sie sich?«

Wembury nickte. Miss Bolter war eine sehr reiche, exzentrische alte Jungfer. Sie besaß an der Grenze von Greenwich ein Haus, das einem Lager von alten Schmuckstücken glich. Ein Einbruch war verübt worden, und die Diebe konnten mit einer Beute im Werte von achttausend Pfund entkommen.

»War Lenley dabei beteiligt? Ist das die Information, die Sie uns geben wollen?«

»Ich sage nur, was ich gehört habe«, verwahrte sich Messer hastig, »aber ich habe Grund zu der Annahme, daß sich die Juwelen noch auffinden lassen, weil sie versteckt wurden. Die Diebe sind damals gestört worden, Sie erinnern sich vielleicht?«

»Ich weiß immer noch nicht, worauf Sie hinauswollen.«

Messer blickte sich um und senkte die Stimme.

»Aus einer Bemerkung Lenleys schließe ich, daß er heute nacht nach Camden Crescent gehen will, um den Schmuck zu holen! Er hat mich um den Schlüssel zum Nebenhaus von Miss Bolter gebeten, das zufällig mein Eigentum und unbewohnt ist. Meine Annahme ist, daß die Beute auf dem Dach von Nr. 57 versteckt wurde. Ich mache den Vorschlag – mehr will ich nicht tun –, daß Sie heute nacht einen Beamten dorthin schicken.«

»Ich verstehe!« sagte Alan kühl.

Er ging schweren Herzens in sein Büro zurück. Unternehmen konnte er nichts. Messer würde das Polizeipräsidium benachrichtigen, daß er die Information gegeben hätte. Und Johnny Lenley zu warnen, würde Ruin und schimpfliche Entlassung aus dem Dienst bedeuten. Er gab einem Beamten den Auftrag, sich auf dem Dach in Camden Crescent zu postieren.

Eine Stunde später kam ein Anruf. Der Sergeant nahm den Hörer ab.

»Hallo!« Mechanisch schaute er auf die Uhr und notierte die Zeit des Anrufs. »Was ist los?« Er deckte die Muschel mit der Hand zu. »Der Nachtwächter von Cleavers berichtet, daß sich ein Mann auf dem Dach in Camden Crescent Nr. 57 aufhält.«

Alan hatte ins Feuer gestarrt. Eine Sekunde lang überlegte er.

»Ja, natürlich. Sagen Sie ihm, er soll sich nicht beunruhigen. Es ist ein Polizeibeamter.«

»Auf einem Dach in Camden Crescent?« fragte der Sergeant ungläubig und sprach, als Alan nickte, wieder in die Muschel. »Das ist in Ordnung. Es ist einer unserer Leute. – Wie? Er fegt den Schornstein? Ja, ja, wir verwenden immer Polizeibeamte, um Schornsteine zu fegen, mit Vorliebe nachts!«

In diesem Augenblick trat Johnny Lenley ins Dienstzimmer.

»Ich will mich melden.« Er nahm einige Papiere aus der Tasche und legte sie auf das Pult des Sergeanten. »Mein Name ist Lenley. Ich bin Strafgefangener mit Bewährungsfrist.«

Jetzt bemerkte er Wembury, ging zu ihm hin und reichte ihm die Hand.

»Ich hörte, daß Sie zurück sind, Lenley. Ich gratuliere Ihnen. Hat sich Ihre Schwester über das Wiedersehen gefreut?«

»Ja. Ich bin gestern entlassen worden«, antwortete Lenley.

Ein paar Sekunden blieb es still, man hörte die Feder des Sergeanten kratzen.

»Wohin gehen Sie heute abend?« fragte Alan. Er mußte ihn unbedingt warnen – er dachte an Mary, die zu Hause auf ihren Bruder wartete.

Johnny Lenley sah ihn erstaunt an.

»Ich mache einen Besuch im Westen. Warum interessiert es Sie?«

Laut fragte Alan zum Sergeanten hinüber:

»Wie weit ist es von hier nach Camden Crescent?«

Er sah, wie Johnny stutzte. Ihre Blicke trafen sich.

»Keine zehn Minuten zu Fuß«, antwortete der Sergeant.

»Ich habe im Westen zu tun. Wollen Sie mich begleiten?« schlug Wembury Johnny vor, der ihn mißtrauisch betrachtete. »Ich würde gern etwas mit Ihnen besprechen.«

»Nein. Ich habe mich verabredet.«

Alan nahm ein Buch und blätterte langsam darin. Johnny kehrte ihm den Rücken und ging zur Tür.

»Gute Nacht, Lenley – falls ich Sie nicht wiedersehen sollte!« rief ihm Wembury nach.

»Erwarten Sie, mich wiederzusehen? Noch heute nacht?«

»Ja!« Dieses sehr nachdrücklich betonte ›Ja‹ war die äußerste Warnung, die Wembury im Einklang mit seiner Pflicht wagen konnte.

Johnny Lenley entfernte sich mit einem Achselzucken.

35

Lomond kam und verfluchte das Wetter. Etwas später traf unerwartet Maurice Messer auf der Polizeiwache ein. Nach der dunklen Straße blendete ihn der hell erleuchtete Raum. Er blinzelte einen Moment und starrte dann auf den Polizeiarzt.

»Der Mann der Heilkunde und der Mann des Gesetzes!« Er schlug sich mit alberner Theatralik auf die Brust. »Beinah eine historische Begegnung, lieber Doktor!« Darauf drehte er sich zu Wembury um. »Hat man ihn gefaßt?«

»Sind Sie nur hierhergekommen, um das zu erfahren? Sie hätten sich die Mühe sparen und telefonieren können!«

»Nein, nicht deshalb bin ich gekommen ...« Er blickte nervös über die Schulter zurück. Der Polizist, der draußen Posten stand, war eingetreten und wisperte dem Sergeanten etwas zu, für das sich auch der Doktor zu interessieren schien. »Nicht deshalb –«, wiederholte Messer, »Hackitt ist davongelaufen und hat mich allein gelassen, der verfluchte Feigling! Allein im Haus – meine Nerven halten es nicht aus, Wembury! Jedes Geräusch macht mich verrückt, das Knarren des Stuhls, das Stück Kohle, das im Kamin herunterfällt, das Klappern der Fenster ...«

Aus der Dunkelheit erschien eine Gestalt in der offenen Tür – Bliss, er schaute einen Moment ins Dienstzimmer und verschwand wieder. Der Polizist entdeckte ihn gerade noch, als er sich umdrehte, und ging zur Tür. Der Sergeant und der Polizeiarzt folgten ihm langsam.

Messer sprach noch immer auf Alan ein.

»Jedes Geräusch läßt mich aufschrecken, Wembury, mir ist, als ob mein Schicksal auf mich zukommt –« Er flüsterte nur noch.

»Ich spüre es – im Zimmer, hier, überall, mir ganz nahe ... Der Tod! O Gott, es ist schrecklich – schrecklich!«

Er wankte plötzlich. Alan fing ihn auf.

»Was hat er denn?« fragte der Sergeant.

»Alkohol, Nerven und – na, Sie wissen ja«, antwortete der Doktor lakonisch. »Bringen Sie ihn ins Zimmer des Inspektors, Sergeant, in einigen Minuten wird er sich erholt haben!« Er wandte sich zur Ausgangstür und schaute in die Nacht hinaus.

»Was gibt's, Doktor?« fragte Alan.

»Da ist er schon wieder!« Lomond deutete auf die dunkle Straße.

»Wer denn?«

»Seit Messer da ist, beobachtet er die Wache. Es scheint Bliss zu sein. Er hat mich nicht gern – warum, weiß ich nicht.«

»Kennen Sie jemand, den er gern hat – außer sich selbst?«

Lomond drehte sich eine Zigarette.

»Ich habe heute nachmittag im Klub eine eigenartige Geschichte über ihn gehört. Ich traf einen Herrn, der ihn in Washington kannte, einen Arzt. Er schwört, daß er Bliss in der Nervenabteilung eines Hospitals in Brooklyn gesehen hat.«

»Wann war das?«

»Das ist eben das Absurde. Er sagt, vor vierzehn Tagen.«

»Er ist seit Monaten zurück.«

»Kennen Sie Bliss sehr gut?«

»Nein«, erwiderte Wembury. »Ich kenne ihn erst näher, seit er von Amerika zurück ist. Vom Sehen war er mir bekannt - er war Unterinspektor, als ich noch Wachtmeister ... Hallo!«

Ein Mann kam ins Zimmer und ging zum Pult des Sergeanten. Es war Inspektor Bliss.

»Ich brauche einen Revolver!« rief er kurz.

»Bitte?« Carter starrte ihn an.

»Ich brauche einen Revolver«, wiederholte Bliss scharf.

Wembury grinste boshaft.

»Das ist in Ordnung, Sergeant – Hauptinspektor Bliss von Scotland Yard wünscht einen Revolver. Wozu brauchen Sie ihn?«

Bliss sah ihn verächtlich an.

»Geht es Sie etwas an?«

»Und ob! Dies ist mein Bezirk.«

Der Sergeant brachte die Waffe.

»Ist ein Grund vorhanden, warum ich ihn nicht haben sollte?«

»Nicht der geringste!« Als Bliss zur Tür ging, rief ihm Wembury nach: »An Ihrer Stelle würde ich aber den Empfang der Waffe quittieren. Sie scheinen die Vorschriften vergessen zu haben, Inspektor Bliss!«

Mit einem Fluch kehrte Bliss um.

»Ich bin zu lange nicht in diesem verdammten Land gewesen ...«

»Guten Abend, Mr. Bliss!« sagte unerwartet Dr. Lomond.

Bliss tat, als habe er erst jetzt die Anwesenheit des Polizeiarztes bemerkt.

»Guten Abend! – Haben Sie den Hexer erwischt?« fragte er höhnisch und schlug die Tür hinter sich zu.

Carter wußte nicht, was er von der Sache halten sollte.

»Ist es nicht merkwürdig«, meinte er, »daß er die Vorschriften der Polizeiwachen nicht kennt?«

»Alles, was Mr. Bliss betrifft, ist merkwürdig!« rief Wembury ärgerlich.

Der Wachposten kam auf ihn zu und flüsterte ihm etwas zu.

»Eine Dame möchte mich sprechen? Wer ist es?« fragte er.

»Cora Ann Milton«, sagte Dr. Lomond mit seinem untrüglichen Instinkt.

Cora Ann kam herein. Als sie den Polizeiarzt entdeckte, ging sie herausfordernd auf ihn zu.

»Heiliger Himmel!« erschrak Dr. Lomond. »Ich hatte Sie ja zum Essen eingeladen! Ich bin hierhergerufen worden und habe nicht einen Augenblick mehr an unsere Verabredung gedacht.«

»So also sieht eine Polizeiwache aus!« Cora Ann blickte sich mit Widerwillen um. »Und wo ist Ihr Maskenkostüm?« fragte sie Wembury. »Alle anderen sind in Uniform.«

»Die ziehe ich nur zu Gesellschaften an«, bemerkte er zwinkernd.

»Wie können Sie es nur hier aushalten?« Es schauderte sie, und sie wandte sich wieder an Lomond. »Und nun, Doktor? Ich habe noch nicht gegessen ...«

Etwas in ihrem Ton klang nach Verzweiflung, so als machte sie einen letzten Versuch. Aber wozu – was wollte sie? Alan konnte es sich nicht erklären.

»Ich würde Sie gern begleiten, Cora Ann, aber ...«, begann Lomond.

»Aber – aber!« wiederholte sie zynisch. »Hören Sie, Doktor, Sie brauchen für das Essen nicht zu bezahlen!«

»Das wäre allerdings ein Anreiz«, meinte er grinsend, »aber ich habe noch zu arbeiten.«

Ihr Gesicht machte einen verstörten Eindruck.

»Arbeiten!« Sie lachte verächtlich und ging achselzuckend zur Tür. »Ich weiß, was Sie arbeiten nennen. Sie versuchen, Arthur Milton an den Galgen zu bringen. Das nennen Sie arbeiten! Gut.«

»Wohin gehen Sie jetzt, kleine Frau?« fragte Dr. Lomond besorgt.

Sie drehte sich um, lächelte bitter.

»Ich werde zu Abend essen – und vielleicht eine Musikstunde nehmen. Ich habe einen Freund, der ausgezeichnet Klavier spielt ... Guten Abend!«

Lomond schaute ihr gedankenvoll nach.

36

Trapp, trapp, trapp!

Wembury kannte die eigenartige Gangart verhafteter Männer zu gut. Er seufzte tief auf, als ein Polizist in Zivil Johnny Lenley am Handgelenk hereinführte.

»Ich bin Kriminalwachtmeister Bell«, meldete der Mann. »Laut Befehl war ich heute abend auf dem Dach von Nr. 57, Camden Crescent, als ich diesen Mann aufs Dach steigen sah. Ich beobachtete, wie er sich hinter dem Wasserbehälter zu schaffen machte, und nahm ihn fest.«

Lenley blickte teilnahmslos zu Boden. Endlich hob er den Kopf.

»Danke, Wembury! Wenn ich wenigstens den Verstand eines Kaninchens gehabt hätte, wäre ich jetzt nicht hier!«

Carter tauchte die Feder in die Tinte.

»Wie ist Ihr Name?« fragte er automatisch.

»John Lenley.«

»Ihre Adresse?«

»Ohne Adresse.«

»Ihr Beruf?«

»Sträfling mit Bewährungsfrist.«

Der Sergeant legte die Feder weg.

»Durchsuchen Sie ihn!«

Johnny hob die Arme, während der Beamte in seine Taschen griff und alles, was er vorfand, auf das Pult legte.

»Wer hat mich verpfiffen, Wembury?«

»Das brauchen Sie mich nicht zu fragen. Sie wissen es ganz genau!«

»Haben Sie eine Erklärung dafür, warum Sie auf dem Dach von Camden Crescent Nr. 57 waren?« fragte der Sergeant.

»Ich wollte etwas holen, das hinter dem Wasserbehälter versteckt sein sollte. Es war aber nicht da. Das ist alles .... Geben Sie auf meine Schwester acht, Wembury, sie wird es nötig haben, und ich vertraue Ihnen mehr als jedem anderen.«

Ausgerechnet diesen Augenblick wählte Mr. Messer, um wieder zu erscheinen.

»Nun, nun – das ist ja – Johnny!» stammelte er. »Sie haben es wieder nicht lassen können – welch ein Unglück!« Verzweifelt hob er die Hände. »Ich werde am Morgen auf dem Gericht sein, mein Junge, und Sie verteidigen.« Er wankte zum Pult des Sergeanten. »Wenn er etwas zu essen haben will, geben Sie es ihm! Ich komme dafür auf.«

»Messer!« gellte es durch den Raum. »Hinter dem Wasserbehälter war nichts!«

»Ich weiß nicht, wovon Sie sprechen, mein Junge«, stammelte Messer.

Lenley nickte grinsend.

»Ich bin für Sie zu schnell herausgekommen, habe Ihre kleinen Pläne über den Haufen geworfen! Sie Schweinehund!«

Bevor es den Anwesenden klar wurde, was geschah, hatte sich Johnny auf den Anwalt gestürzt, und in der nächsten Sekunde kämpften vier Männer auf dem Fußboden.

Der Kampf war noch in vollem Gange, als die Tür zum Dienstzimmer aufging und Inspektor Bliss erschien. Er besah sich kurz die Szene und warf sich mit einem Sprung ins Handgemenge. Es war Bliss, der den jungen Mann zurückstieß.

»Ist er verletzt?« Er zeigte auf den niedergeworfenen Messer.

Johnny, bleich vor Wut, keuchte.

»Ich wünschte, ich hätte den Kerl erledigt!«

Bliss sah ihn an.

»Sie sollten nicht so selbstsüchtig sein, Lenley!«

37

Alan Wembury verließ die Polizeiwache. Er hatte nur einen Gedanken – Mary mußte benachrichtigt werden. Er verwünschte Lenley wegen seiner Torheit, aber wenn er an Messer dachte, kannte seine Wut keine Grenzen. Der Verrat dieses Mannes war niederträchtig.

Er stieg die Treppe von Malpas Mansions empor und klopfte an die Tür von Marys Wohnung. Eine innere Tür wurde geöffnet, er hörte ihre Stimme:

»Bist du es, Johnny? Hast du keinen Schlüssel?«

»Nein, Mary, ich bin es.«

»Alan!« Sie erschrak. »Ist etwas vorgefallen?«

Ihr Gesicht zuckte. Er antwortete nicht und folgte ihr ins Zimmer.

»Ist etwas vorgefallen?« fragte sie nochmals. »Johnny? Ist er – festgenommen worden?«

»Ja.«

»Wegen der – Fälschung?« flüsterte sie.

»Wegen der Fälschung?« Er starrte sie an. »Ich weiß nicht, was Sie meinen.«

»Ist es nicht wegen Urkundenfälschung?« Als sie ihren Irrtum einsah, bat sie verwirrt: »Wollen Sie vergessen, daß ich das gefragt habe, Alan?«

»Selbstverständlich will ich es vergessen, liebe Mary! Ich weiß nichts von Urkundenfälschung. Johnny wurde festgenommen, weil er in ein Haus eingedrungen ist.«

»Einbruch? Mein Gott!«

»Behalten Sie einen klaren Kopf, Mary! Die Sache wird noch eine Aufklärung finden. Ich verstehe zwar nicht, warum Johnny so wahnsinnig sein konnte – ich habe alles versucht, um ihn zu warnen. Aber ich glaube, es ist noch nicht alles verloren. Ich werde erst noch mit Messer sprechen und dann einen befreundeten Rechtsanwalt aufsuchen, um ihn um Rat zu fragen. Ich wünschte, Johnny hätte Messer nicht angegriffen.«

»Er hat Messer geschlagen? Er muß verrückt sein! Maurice hat ihn in seiner Gewalt ...« Sie schwieg plötzlich.

»Maurice hat ihn in seiner Gewalt? Sprechen Sie doch! Denken Sie an die Fälschung?«

»Alan, Sie versprachen ...«, sagte sie vorwurfsvoll.

»Alles, was Sie sagen, sagen Sie Alan Wembury – nicht dem Polizeibeamten. Sie haben Sorgen – lassen Sie sich helfen!«

»Ich kann nicht, ich kann nicht! Maurice ist so rachsüchtig, er wird Johnny nie vergeben.«

Es lag Alan auf der Zunge, ihr die Wahrheit über den Verrat zu sagen, doch die straffe Polizeidisziplin triumphierte. Es war ein Gebot der Kriminalpolizei, nie den Anzeiger zu verraten.

Sie stützte den Kopf in die Hände und schloß die Augen. Er dachte, sie würde ohnmächtig werden, und legte seinen Arm um ihre Schultern.

»Mary, kann ich Ihnen nicht helfen?«

Sie bewegte sich nicht und machte auch keinen Versuch, sich von seinem Arm zu befreien.

Plötzlich jedoch sprang sie auf. Ihre Augen blitzten wild.

»Ich kann nicht, ich kann nicht!« schrie sie verzweifelt. »Rühren Sie mich nicht an! Lassen Sie mich – ich muß es für Johnny tun ...«

»Was haben Sie vor?«

Sie hatte sich ein wenig beruhigt.

»Alan, ich weiß, daß Sie mich lieben – und ich freue mich sehr! Sie wissen doch, was das bedeutet? Aber ich muß Johnny retten!«

»Wollen Sie mir nicht sagen, um was es sich handelt?«

»Ich kann nicht. Damit muß ich allein fertig werden.«

Aber er ließ nicht locker.

»Ist es Messer? Bedroht er Sie?«

»Ich will darüber nicht sprechen, Alan«, sagte sie müde. »Wie steht es jetzt um Johnny? Ist es eine ernste Anklage – ich meine, wird er wieder Zuchthaus bekommen? Glauben Sie, daß Messer ihn retten könnte?«

Er konnte in diesem Augenblick weder antworten noch überlegen. Eine Welle von Mitleid schoß in ihm auf. Er umschlang sie, preßte sie an sich und küßte ihre kalten Lippen.

»Alan, bitte nicht!« murmelte sie.

Er ließ sie los. Er zitterte, als er zur Tür ging.

»Ich werde dahinterkommen!« schwor er. »Wollen Sie hierbleiben, damit ich Sie erreichen kann? Ich bin in einer Stunde zurück.«

Sie erriet, was er vorhatte, und rief ihn zurück, aber er war schon verschwunden.

38

Messers Haus lag völlig im Dunkeln, als Alan in der Flanders Lane anlangte. Der Polizeibeamte, der vor der Tür stand, konnte nichts weiter berichten, als daß er leises Klavierspiel in einem der oberen Zimmer gehört hatte.

Der Polizist besaß die Schlüssel zum Tor und zur Eingangstür. Als Alan die Treppe hinaufging, klangen ihm die Töne einer ›Humoreske‹ entgegen. Er klopfte an Messers Tür.

»Wer ist da?« fragte eine schleppende Stimme.

»Wembury. Öffnen Sie!«

Schritte, unwilliges Brummen – dann ging die Tür auf. Das Zimmer war dunkel, nur die Klavierlampe brannte.

»Nun – Sie kommen wegen des Halunken – was sagt er?«

fragte Messer lallend. Er hatte viel getrunken, der Raum roch stark nach Alkohol.

Alan schaltete das Licht ein. Maurice blinzelte ärgerlich.

»Ich will kein Licht haben. Was erlauben Sie sich?«

»Ich will Sie sehen – und Sie sollen mich sehen!«

Messer starrte Wembury an.

»Ach – Sie wollen mich sehen? Sie haben von meinem Haus Besitz ergriffen, Mr. Wembury? Sie gehen ein und aus, wie es Ihnen gefällt, Sie schalten das Licht ein ... Vielleicht lassen Sie sich jetzt herab, mir Ihr Benehmen zu erklären?«

»Ich bin gekommen, um über eine Fälschung Auskunft zu verlangen.«

Messer stutzte. »Eine Fälschung? Was meinen Sie?«

»Sie wissen ganz genau, was ich meine. Was ist das für eine Fälschung, von der Sie Mary Lenley erzählt haben?«

»Ich verstehe wirklich nicht, wovon Sie sprechen! Da kommen Sie mitten in der Nacht her und stellen Fragen über Fälschungen – erwarten Sie wirklich, daß ich nach dem, was heute abend passiert ist, auch noch über solche Lappalien Auskunft geben soll? Ich habe in meinem Leben mit so vielen Fälschungen zu tun gehabt – wie soll ich wissen, von welcher Sie reden ...«

Seine Augen schweiften zu dem kleinen Tisch, auf dem irgend etwas stand, das mit einem weißen Tuch zugedeckt war.

Alan folgte seinem Blick und fragte sich, was das Tuch verbergen mochte. Es konnte Messers Abendmahlzeit sein, es konnte aber auch ... Rasch drehte er den Kopf.

»Messer! Die Drohung, mit der Sie Mary Lenley ... Ich kann mir denken, was für eine Gemeinheit Sie vorhaben – ich warne Sie!«

»Als Polizeibeamter?«

»Als Mann.«

Messer schaute Alan eine Zeitlang an.

»Bei Gott, Sie sind in Mary Lenley verliebt!« Er lachte heiser. »Das ist der beste Witz, den ich seit Jahren gehört habe! Wirklich, das muß ich schon sagen.«

»Nehmen Sie sich in acht! Gegen Ihre Schändlichkeiten gibt es kein Rechtsmittel, aber ich verspreche Ihnen, wenn Mary Lenley ein Haar gekrümmt wird ... Und wenn es dem Hexer nicht gelingen sollte – ich werde Sie erwischen!«

»Man darf wohl annehmen, daß das eine persönliche Bedrohung ist?« Messer hielt die Augen halb geschlossen, und obgleich er den Versuch machte, unbekümmert zu erscheinen, zitterte seine Stimme. »Bedrohte Leute leben lange, Inspektor Wembury! Ich bin mein Leben lang bedroht worden, und nie ist etwas daraus geworden. Der Hexer droht mir, Johnny droht mir – ich lebe von Drohungen!«

»Messer«, sagte Wembury sanft, »wissen Sie, wie nahe Sie dem Tod sind?«

Messers Mund öffnete sich vor Schrecken. Entsetzt starrte er Alan Wembury nach.

39

Seit dem Tag, an dem ihm ein bunter Prospekt über das wunderbare Leben in den Prärien Kanadas in die Hände gefallen war, fühlte sich Sam Hackitt als Pionier. Er hatte genug Geld gespart, um die Überfahrt nach Kanada bezahlen, doch nicht genug, um die Einwanderungsbehörden befriedigen zu können. In Anbetracht seines ohnehin gespannten Verhältnisses zu Mr. Messer beschloß Sam, sich einige leicht verkäufliche Andenken an seinen Arbeitgeber zu verschaffen.

Das, was er am meisten begehrte, war eine kleine, schwarze Kassette, die Messer in der zweiten Lade seines Schreibtisches aufbewahrte. Gewöhnlich befand sich darin eine größere Summe, und nach ihr lechzte Sams Seele am meisten. Zwar hatte er seit zwei Tagen die Kassette überhaupt nicht zu Gesicht bekommen, und nun war durch die Rückkehr Johnnys und die eigene plötzliche Entlassung eine zusätzliche Krise entstanden.

Für Hackitt blieb nur noch ein Weg offen. Das Stahlgitter vor dem Fenster war ein Hindernis für den Durchschnittsdieb, aber Sam stand über dem Durchschnitt. Außerdem hatte er am Morgen beim Fensterputzen eine Vorrichtung am Schloß angebracht, die ihm seine Arbeit erleichtern würde. Er hatte ein Stück Stahldraht kunstvoll um einen der Stäbe geschlungen und so im Schloß befestigt, daß man es mit einem kräftigen Ruck öffnen konnte – eine sinnreiche Einrichtung, auf die Sam sehr stolz war.

Am Abend kauerte Hackitt an der Hausmauer. Er hörte Alan Wembury kommen und wieder gehen. Das Warten war sehr unangenehm, denn Nebel und feiner Regen durchnäßten ihn bis auf die Knochen. Er hörte Messer im Zimmer auf und ab gehen und mit sich selbst sprechen. Sam fluchte, denn Messer hatte sich ans Klavier gesetzt, und das konnte stundenlang dauern. Aber anscheinend war er in besonders übler Laune, das Spiel hörte auf, ein Stuhl knarrte, und nach einer Weile war nur noch tiefes, regelmäßiges Atmen zu hören. Sollte er eingeschlafen sein? Sam wartete nicht länger. Ein schneller Ruck, das Gitter war offen. Das Schiebefenster hatte er eingefettet; es ging geräuschlos hoch.

Messer saß am Klavier und schlief mit weitgeöffneten Augen – ein unangenehmer Anblick. Sam schaute sich nicht erst um, er ging auf den Fußspitzen durchs Zimmer und drehte das Licht aus. Das Feuer im Kamin brannte nur noch schwach. Er betastete den Schreibtisch, fand die richtige Schublade, schob einen Haken ins Schloß und zog. Die Lade öffnete sich, er griff hinein. Die Kassette fand er sofort, doch es gab noch andere Wertsachen. Im kleinen Wandschrank befand sich das wertvolle Silbergeschirr. Er schlich zum Fenster, hob die bereitgestellte Handtasche herein und füllte sie, bis nichts mehr hineinging. Leise schleppte er die Tasche zum Fenster zurück. Als er an der geheimnisvollen Tür in der Täfelung vorbeikam, hörte er ein kurzes Knacken und blieb wie angewurzelt stehen. Nach einer Weile wollte er weiter; er streckte die Hand aus, eine übliche Bewegung bei allen, die im Dunkeln arbeiten. Da packte eine kalte Hand sein Handgelenk.

Er biß die Zähne zusammen, unterdrückte einen Aufschrei und riß sich mit einem schnellen Ruck los. Wer war es? Er konnte nichts sehen, hörte nur schnelles Atmen, er stürzte zum Fenster. In Sekundenschnelle lief er über den Hof, mit Todesfurcht.

Für diese kalte, geisterhafte Hand gab es nur eine Erklärung: Der Hexer war zu Messer gekommen!

*

40

Als Wembury auf die Wache zurückkehrte, sah er auf die Uhr – er war zwei Stunden fortgewesen.

»Ist etwas vorgefallen?« fragte er.

»Inspektor Bliss war da und wollte einen Gefangenen sehen«, berichtete Carter.

»Wen?«

»Den Lenley. Ich habe ihm den Zellenschlüssel gegeben.«

Was für ein Interesse hatte der Mann von Scotland Yard an Johnny? Wembury stand vor einem Rätsel.

»Blieb er lange?«

»Nein, ungefähr fünf Minuten.«

»Sonst noch etwas?«

»Nein, Sir. Nur ein verhafteter Betrunkener hat viel Scherereien gemacht. Ich mußte Dr. Lomond anrufen – er ist jetzt bei ihm. Übrigens – haben Sie Lenleys Papiere schon gesehen? Das hier habe ich dabei gefunden.«

Er nahm eine Karte vom Pult und gab sie Wembury, der folgendes las: ›Anbei der Schlüssel. Sie können hingehen, wenn Sie wollen – Nr. 57.‹

»Das ist ja Messers Handschrift.«

»Ja, Sir. Und das Haus gehört Messer. Ich weiß nicht, welchen Einfluß es auf die Anklage haben wird.«

»Gott sei Dank! Nun kommt Lenley heraus! Es war also doch so, wie ich es mir vorgestellt habe! Messer muß sehr betrunken gewesen sein, als er dies schrieb – sein erster Fehler.«

Wembury war kein Jurist, aber es konnte kein Einbruch sein. Die Verhaftung erfolgte auf Messers Grundstück, und Lenley war auf Messers Aufforderung dort gewesen.

»Ist ein Schlüssel dabei?«

»Ja, Sir.« Carter überreichte den Schlüssel. »Ein Etikett mit Messers Namen hängt daran.«

Alan seufzte erlöst auf.

»Und trotzdem bin ich froh, daß Lenley hier ist! Wenn ich je Mordabsichten in den Augen eines Mannes gesehen habe, dann in den seinen!«

Carter stellte eine Frage, die ihm schon den ganzen Abend durch den Kopf ging.

»Lenley ist doch nicht etwa der Hexer?«

Alan lachte.

»Das ist eine alberne Frage! Ausgeschlossen.«

Wembury hörte seinen Namen rufen. Lomond kam eilig durch den Gang vom Zellentrakt her gelaufen.

»Was gibt's?« fragte ihn Alan.

»In welche Zelle haben Sie Lenley gesperrt?«

»Nr. 8 – ganz am Ende«, erwiderte Carter.

»Die Tür steht weit offen, die Zelle ist leer!«

Carter stürzte aus dem Zimmer. Alan nahm den Hörer vom Pult des Sergeanten auf.

»Zum Teufel, Lomond, er wird hinter Messer her sein!«

Carter kam zurück.

»Er ist tatsächlich ausgerissen. Die Türen zur Zelle und zum Hof sind offen.«

»Rufen Sie zwei Leute, Carter!« befahl Wembury. Dann kam seine Verbindung. »Scotland Yard? Verbinden Sie mich ... Ja? Hier Inspektor Wembury. Nehmen Sie folgendes zur Weitergabe an alle Polizeiwachen auf: Es wird um Festnahme von John Lenley ersucht, der heute nacht von der Flanders-Lane-Polizeiwache entflohen ist. Alter 24, Größe 1,84 Meter, dunkles Haar, bekleidet mit ...«

»...blauem Kammgarnanzug«, ergänzte Carter.

»Er ist Strafentlassener mit Bewährungsfrist«, schloß Wembury. »Wollen Sie das, bitte, weitergeben? Danke!«

Er legte auf und gab dem Kriminalbeamten, der hereingekommen war, Weisung:

»Gehen Sie zu den Malpas Mansions! Dort wohnt Lenley bei seiner Schwester. Beunruhigen Sie die junge Dame nicht, aber wenn Sie ihn dort vorfinden, bringen Sie ihn mit!«

Dr. Lomond war im Begriff, wegzugehen, mußte aber an der Tür warten, um Sam Hackitt und seine Begleiter vorbeizulassen. Hackitt kam nicht aus freien Stücken, er wurde von einem Kriminalbeamten und einem Polizeibeamten in Uniform flankiert.

»Guten Abend, Mr. Wembury! Da sehen Sie selbst, wie man mir dauernd nachstellt!« lamentierte er weinerlich.

»Was ist los?« fragte Alan gereizt.

»Ich traf diesen Mann«, meldete der Kriminalbeamte, »und fragte ihn, was er in der Handtasche habe. Er weigerte sich, die Tasche aufzumachen, und versuchte, davonzulaufen. Ich nahm ihn fest.«

»Das ist eine Lüge!« fuhr Sam auf. »Reden Sie die Wahrheit und leisten Sie vor Zeugen keinen Meineid! Ich sagte einfach, er soll die Tasche nehmen, wenn er sie haben will, verdammt noch mal!«

»Ruhig, Hackitt!« befahl Wembury. »Was ist in der Tasche?«

»Hören Sie doch!« rief Sam hastig. »Ich will Ihnen alles erzählen . . . Um ihnen die Wahrheit zu sagen – ich habe sie gefunden. Sie lag an der Mauer, und ich sagte mir: Was ist wohl drin? – Das ist alles.«

»Und was sagt die Tasche dazu?« fragte Carter skeptisch.

Die Tasche ›sagte‹ viele belastende Sachen. Das erste, was zum Vorschein kam, war die Geldkassette. Der Sergeant öffnete sie und entnahm ihr ein dickes Bündel Banknoten, das er auf den Tisch legte.

»Großer Gott, die Kassette des alten Messer!« schrie Sam erschrocken und maßlos erstaunt auf. »Wie kommt die da hinein?«

»Sonst noch etwas?« fragte Alan ungeduldig.

Ein Silberstück nach dem andern kam zum Vorschein.

»Das ist Pech!« meinte Sam. »Sie haben mir die schönsten Flitterwochen verdorben, die mir je in Aussicht standen!«

»Name?« fragte Carter förmlich.

»Samuel Cuthbert Hackitt.«

»Wohnung?«

Sam verzog das Gesicht.

»Buckingham-Palast.«

»Keine Adresse? Als was haben Sie zuletzt gearbeitet?«

»Als Zimmermädchen! Wissen Sie, Mr. Wembury, was mir Messer für vier Tage bezahlt hat? Es ist eine Gemeinheit! Wenn ich Sie wäre, würde ich nicht mehr in das Haus gehen – es spukt dort.«

»Es spukt ...?«

Das Telefon läutete. Carter hob ab.

»Ja, in Messers Zimmer«, erzählte Sam währenddem. »Ich wollte gerade mit dem Zeug fort, als ich fühlte, wie eine kalte Hand sich um mein Gelenk legte. Kalt! Naßkalt wie die Hand eines toten Mannes! Ich stürzte zum Fenster und sprang hinaus!«

Carter hielt den Hörer von sich weg.

»Atkins ist am Telefon, Sir, der Posten vor Messers Haus ...«

Alan ging schnell zum Apparat.

»Hier Wembury. – Sind Sie im Haus? – Sie können nicht hinein? Erhalten keine Antwort? – Ist eins der Fenster erleuchtet? – Ich komme ...«

Alans Gesicht hatte sich verfinstert. Er gab Carter den Hörer zurück.

»Hackitt, ich weiß nicht, ob diese kalte Hand nicht mit Ihren kalten Füßen zusammenhängt. Auf alle Fälle werden Sie mich jetzt zu Messer begleiten. – Bringen Sie ihn mit!« befahl er dem Kriminalbeamten.

Hackitt widersprach laut, mußte sich aber fügen.

41

Das Auto konnten sie nicht benützen, der Nebel lag zu dicht. Sie mußten sich an den Gartenzäunen und Häusern entlangtasten. Unterwegs stießen sie auf Dr. Lomond, und Alan bat ihn, mitzukommen. Der Weg führte durch den schlimmsten Teil der Flanders Lane, durch den auch Polizeileute nur zu zweit gingen.

Vor ihnen leuchtete ein rotes Licht auf. Sie erblickten einen alten, schmutzigen Mann, der sich über ein Koksfeuer bückte. Für einen Augenblick hob er sein hageres Gesicht. Lomond erschrak.

»Wer sind Sie?« fragte er.

»Ich bin der Nachtwächter. Die Flanders Lane ist eine unheimliche Gegend. Heute nacht treibt sich die ganze Zeit eine Frau hier herum«, berichtete er.

»Was für eine Frau?« fragte Wembury.

»Ich dachte, es wäre ein Gespenst . . . Man sieht hier Gespenster – und hört sie.«

In einem der Häuser, die man in der Dunkelheit nicht sehen konnte, schrie jemand auf.

»In der Flanders Lane schreien sie immer«, sagte der Nachtwächter. »Sie leben in ihren Kellern wie die Tiere, und einige von ihnen kommen nie heraus. Sie sind dort unten geboren und sterben dort unten.«

Lomond schoß herum. Eine Hand hatte seinen Arm berührt.

»Um Himmels willen – gehen Sie nicht weiter!« flüsterte es eindringlich.

»Cora Ann!« rief er erstaunt.

»Gehen Sie nicht, dort ist – der Tod! Ich möchte Sie retten – kehren Sie um, kehren Sie um!«

»Wollen Sie mich einschüchtern, Cora Ann?«

Im nächsten Augenblick war sie verschwunden.

Der Nebel lichtete sich, sie sahen die Straßenlampe vor Messers Haus. Atkins erwartete sie unter dem Glasdach vor dem Eingang.

»Ich wollte seine Zimmertür nicht einschlagen, bevor Sie kämen. Er gibt schon lange keine Antwort mehr. Erst hörte ich noch leises Klavierspiel, ich ging hinters Haus und sah, daß in seinem Zimmer Licht brannte.«

»Kein Geräusch?«

»Nein, nur das Klavierspiel.«

Alan eilte ins Haus, gefolgt von Atkins, dem Arzt und dem Detektiv mit dem gefesselten Hackitt. Oben klopfte er laut. Es kam keine Antwort. Er schlug mit der Faust gegen die Tür und rief Messers Namen. Drinnen blieb alles still.

»Wo ist die Wirtschafterin?«

»In ihrem Zimmer, Sir. Wenigstens war sie vorhin noch dort. Aber sie ist taub.«

»Geben Sie mir irgendeinen Schlüssel, ich kann die Tür öffnen«, sagte Hackitt.

Sie warteten schweigend, während er am Schloß hantierte. In wenigen Sekunden gab es nach. Die Tür öffnete sich.

Nur eine Stehlampe brannte und warf einen gespenstischen Schein auf Messers gelbes Gesicht. Er war im Frack und saß vor dem Klavier, die Hände vorgestreckt, der Kopf war auf die Brust gesunken.

»Gott sei Dank!« Es war Sams zittrige Stimme. »Nie hätte ich gedacht, daß ich den Alten nochmals lebend sehen würde!«

»Doktor, versuchen Sie doch, ob Sie ihn nicht zu sich bringen können!« Zum Leuchter aufblickend, befahl Alan: »Schalten Sie das Licht ein! Hackitt, wo standen Sie, als Sie die Hand fühlten?«

Hackitt ging zu einer Stelle, die sich der Tür fast gegenüber befand.

»Ich stand hier«, erklärte Hackitt, »die Hand war dort.« Er zeigte in der Richtung zu der geheimnisvollen Tür in der Täfelung.

Vor einem schmalen Sofa stand der kleine Tisch, der Alan heute abend schon einmal aufgefallen war. Gleich beim Eintreten hatte er bemerkt, daß der Tisch gedeckt, aber jetzt nicht mehr mit einem Tuch verhängt war. Mary war also nicht gekommen.

Wembury wandte seine Aufmerksamkeit dem Fenster zu. Die geblümten Vorhänge waren zugezogen. Hackitt versicherte, daß sie vorhin, als er Reißaus genommen hatte, nur halb zugezogen waren, und daß das Gitter offenstand.

»Es ist jemand dagewesen«, beteuerte er. »Ich bin sicher, daß der Alte sich nicht bewegt hat. Ich habe Fenster und Gitter offengelassen.«

Das Zimmer war sehr staubig und der Teppich wahrscheinlich seit Wochen nicht mehr ausgeklopft worden. Jeder energische Schritt mußte eine Staubwolke aufwirbeln.

Atkins bearbeitete auf Anweisung Dr. Lomonds den schlafenden Messer, indem er ihn ständig schüttelte. Alan stand nachdenklich neben dem gedeckten Tisch.

»Abendbrot für zwei!« Er hob eine Champagnerflasche hoch und las: »Cordon Rouge 1911.«

Dr. Lomond blinzelte verschmitzt.

»Er erwartete Besuch. Eine Dame!«

»Warum eine Dame? Auch Männer trinken Champagner«, sagte Wembury gereizt.

»Aber Sie essen selten Schokolade!« Lomond zeigte auf eine kleine silberne Schale, die mit Süßigkeiten gefüllt war.

»Sie werden noch ein guter Detektiv ...«

Unter der Serviette lag ein kleines Maroquinetui. Lomond öffnete es – auf dunklem Samt lagen funkelnde Diamanten.

»Ist er der Mann, der seinen Freunden – solche Geschenke macht?« fragte er lächelnd.

»Ich weiß es nicht«, antwortete Wembury verärgert.

»Achtung!« flüsterte Hackitt.

Messer bewegte sich. Der Kopf zuckte hin und her, die Lider hoben sich.

»Hallo!« ächzte er. »Gebt mir doch etwas zu trinken!« Er tastete nach einer unsichtbaren Flasche.

»Sie haben genug getrunken heute nacht, Messer!« Alan sprach laut und sehr langsam auf ihn ein. »Raffen Sie sich zusammen, ich habe mit Ihnen zu reden!« Messer schaute ihn blöde an.

»Wie – spät – ist es?« lallte er. »Halb eins?« Er erhob sich wankend und hielt sich am Tisch fest. »Ist sie hier?«

Messer schüttelte den schmerzenden Kopf.

»Sie sagte, daß sie komme«, murmelte er. »Sie hat es fest versprochen – um elf ... Wenn sie es wagt, mich zum Narren ...«

»Wer ist ›sie‹?« fuhr ihn Wembury an.

»Niemand, den Sie kennen – geben Sie mir etwas zu trinken!« Er war noch halb betäubt und wußte nicht, was um ihn herum vorging. Sein Blick blieb an Hackitt hängen. »Sie sind zurückgekommen? Nun – Sie können wieder gehen!«

»Da hören Sie es!« rief Hackitt schnell. »Er zieht seine Anklage zurück!«

»Vermissen Sie Ihre Geldkassette nicht?« fragte Wembury.

»Was?« Messer wankte zum Schreibtisch und zog das Schubfach heraus. »Fort!« krächzte er. »Gestohlen!« Er deutete mit zitterndem Finger auf Sam. »Sie elender Dieb!«

»Nur Ruhe!« Alan hielt die schwankende Gestalt fest. »Wir haben Hackitt festgenommen, morgen früh können Sie dann die Anklage gegen ihn vorbringen.«

»Er hat meine Kassette gestohlen!« jammerte Messer trunken. »Er hat die Hand gebissen, die ihn fütterte.«

Sam Hackitt grinste verächtlich.

»Was Sie füttern nennen! Weit her war es damit nicht!«

Messer hörte gar nicht zu.

»Gebt mir etwas zu trinken!«

Wembury faßte ihn am Arm.

»Reißen Sie sich zusammen – vergegenwärtigen Sie sich, daß der Hexer in Deptford ist!«

Aber er hätte mit einem Holzklotz sprechen können.

»Das ist – gut!« verkündete Messer mit lallender Würde und versuchte, auf die Uhr zu schauen. »Raus mit Ihnen! Ich erwarte Besuch.«

»Ihr Besuch hat nur wenig Möglichkeiten, hereinzukommen. Die Türen sind verschlossen, das Haus wird bewacht.«

Messer stolperte und wäre gefallen, wenn Alan ihn nicht am Arm gefaßt und auf einen Stuhl gesetzt hätte. Er stützte den Kopf in die Hände und murmelte vor sich hin.

»Der Hexer . . . Er wird mich nicht erwischen! Ich kann nicht denken heute abend – aber morgen sage ich es Ihnen, Wembury, wo Sie ihn fassen können! Sie sind doch ein tüchtiger Detektiv?« Er lachte albern. »Kommen Sie, trinken wir einen zusammen!«

Er hatte noch nicht ausgesprochen, als ein paar Birnen im Kronleuchter verlöschten, der jetzt nur noch mit halber Stärke leuchtete.

»Wer war das?« fragte Wembury und drehte sich schnell um. »Hat jemand den Schalter berührt?«

»Nein, Sir«, antwortete Atkins, der an der Tür stand.

Hackitt deutete kopfschüttelnd auf das Fenster, das ihm keine Ruhe ließ. Besorgt flüsterte er Wembury zu:

»Ich kann mir nicht erklären, wer die Vorhänge zugezogen hat, Mr. Wembury, ich könnte schwören, daß es nicht der Alte war. Als ich ihn verließ, schlief er . . .«

Er schob den Vorhang etwas zurück – dicht vor der Fensterscheibe starrte ihn ein blasses, bärtiges Gesicht an, das aber sofort in der Dunkelheit verschwand.

Auf Hackitts Schreckensruf eilte Alan ans Fenster.

»Was war das?«

»Ich weiß nicht – ein Mann, glaube ich.«

»Versuchen Sie, den Mann zu erwischen, Harrap!« befahl Wembury.

Gleich darauf verlöschten alle Lichter im Zimmer.

Leise gab Alan Anweisungen:

»Bewegt euch nicht! Bleibt ruhig stehen! – Atkins, haben Sie den Schalter berührt?«

»Nein, Sir.«

»Hat einer von den anderen den Schalter berührt?«

»Nein«, antworteten alle.

»Atkins, bleiben Sie bei Messer – tasten Sie sich am Tisch entlang, bis Sie ihn finden. Seid alle ruhig!«

Das rote Licht über der Tür leuchtete auf.

Klick! Jemand hatte das Zimmer betreten.

Wer es auch sein mochte, er war jetzt im Zimmer. Alan hörte unruhiges Atmen und die Bewegung eines leisen Schrittes auf dem Teppich. Er wartete. Plötzlich blitzte der Lichtschein einer Taschenlampe auf. Der helle Lichtkreis richtete sich, nur für einen Augenblick, auf die Geldschranktür.

Jemand hantierte am Geldschrank. Alan bewegte sich immer noch nicht. Er lauschte angespannt, dann schlich er langsam vorwärts, beide Arme ausgestreckt. Mit einem Ruck sprang er vor, packte zu, seine Hände ergriffen eine Gestalt, aber vor Schreck und Verwirrung hätte er beinahe wieder losgelassen.

Es war eine Frau! Sie wehrte sich wie wahnsinnig.

»Wer sind Sie?« fragte er unterdrückt.

»Lassen Sie mich los!« flüsterte eine aufgeregte, unkenntliche Stimme.

»Nein!« rief er. Doch er stieß mit dem Knie gegen die scharfe Ecke des Sofas und ließ die Frau einen Augenblick los. Als er wieder zugreifen wollte, faßte er ins Leere.

Auf einmal erhob sich drohend eine tiefe, dröhnende Stimme.

»Messer – ich bin gekommen, um Sie . . .«

Man hörte Husten – ein langes, würgendes Husten . . .

»Macht Licht!« schrie Wembury.

Eine Tür flog zu.

»Zum Teufel, hat denn keiner eine Taschenlampe? Brennt ein Streichholz an!«

Als die Lichtstrahlen aufleuchteten, sahen sich alle erstaunt an. Kein Fremder befand sich im Zimmer, die Türen waren geschlossen.

Alans Blick glitt über die Wände – da zuckte er zurück, mit weitaufgerissenen Augen starrte er gebannt hin. An der Wand, mit seinem eigenen Stockdegen aufgespießt, baumelte - Maurice Messer!

Von irgendwo außerhalb des Zimmers ertönte ein Lachen, lange anhaltendes, höhnisches Lachen. Die Männer lauschten und schauderten. Sogar Dr. Lomonds Gesicht wechselte die Farbe.

42

Eine Stunde war vergangen, seit man Messers Leiche entfernt hatte. Dr. Lomond machte sich einige Notizen.

»Ich will Mr. Wembury suchen«, sagte er zum wartenden Wachtmeister. »Meine Tasche lasse ich solange hier.«

»Mr. Wembury sagte, daß er zurückkommt, Sir, falls Sie warten wollen«, erwiderte Harrap. »Er durchsucht das Haus.«

Lomond hörte ein Geräusch und ging zur Tür, die zu Messers Schlafzimmer führte, als Wembury die Treppe herabkam.

»Bis jetzt habe ich zwei Zugänge zum Haus gefunden«, berichtete er.

Atkins, der die Räumlichkeiten durchsucht hatte, kam zurück.

»Sind Sie fertig?« fragte ihn Alan.

»Ja, Sir. Messer scheint wirklich ein Hehler gewesen zu sein.«

»Ich weiß. Ist Ihre Ablösung gekommen?«

»Jawohl, Sir.«

»Gut, Sie können gehen. Gute Nacht, Atkins!«

Dr. Lomond sah Alan forschend an. Er wartete, bis der Mann weg war, dann zog er einen Stuhl an den gedeckten Tisch heran.

»Wembury, mein Junge, Sie haben Sorgen – ist es wegen Miss Lenley?«

»Ja – ich habe sie unterdessen rasch aufgesucht.«

»Selbstverständlich war sie es, die zu dem ungelegenen Zeitpunkt ins Zimmer kam!«

Alan starrte den Polizeiarzt an.

»Lomond, ich will Ihnen etwas sagen – was heute abend passiert ist, wird wahrscheinlich meine Polizeilaufbahn ruinieren. Aber es kümmert mich nicht. – Ja, es war Mary Lenley!«

»Ich nahm es an.«

»Sie kam, um den Scheck an sich zu nehmen, den Lenley nach Aussagen Messers gefälscht haben sollte.«

»Wie gelangte sie ins Zimmer?« fragte Lomond.

»Offensichtlich durch einen Geheimgang, den ihr Messer gezeigt hat. Doch sie wollte nicht darüber sprechen, sie ist vollständig zusammengebrochen. Wir haben ihren Bruder festgenommen, und obgleich ich ganz sicher bin, daß er freikommen wird, will sie es nicht glauben.«

»Armes Kind! Ihnen, mein Junge, wünschte ich einen glücklichen Ausgang und alles übrige!«

»Glücklichen Ausgang? Sie sind Optimist, Doktor!«

»Das bin ich. Ich gebe die Hoffnung nie auf. Sie haben also den jungen Lenley festgenommen? Das Lachen, das wir hörten – huh!«

»Das war nicht Lenley. Das Lachen hat sich ganz natürlich aufgeklärt. Es war ein Bewohner der Flanders Lane, der nach Hause ging – betrunken, wie gewöhnlich. Der Polizist vor der Tür sah und hörte ihn.«

»Es klang, als ob es im Haus gewesen wäre.« Lomond schüttelte sich. »Nun, der Hexer hat seine Arbeit getan, die Gefahr ist vorbei ...«

»Wer kann es wissen?« Alan hob lauschend den Kopf.

»Was war das?« fragte Lomond. »Es klang, als wäre jemand oben. Es ist mir vorhin schon einmal aufgefallen.«

»Wachtmeister!« rief Alan und stand auf. »Im Haus sind nur unsere Leute ...«

Harrap kam herein.

»Ist einer von Ihnen oben?«

»Nicht, daß ich wüßte, Sir.«

Wembury ging vor die Tür und rief hinauf:

»Ist jemand dort?« Alles blieb still. »Warten Sie hier! Ich will selbst nachsehen.«

Er blieb ziemlich lange oben. Als er zurückkam, war sein Gesicht bleich und gespannt.

»Gut, Wachtmeister, Sie können gehen!« befahl er kurz. »Oben stand ein Fenster offen – vielleicht, daß eine Katze hereingesprungen ist.«

Lomond ließ den Blick nicht von Alans Gesicht.

»Wembury, Sie haben irgend etwas oder jemand gesehen!«

»Ich weiß – Sie sind ja Gedankenleser . . .«

»Vielleicht«, antwortete Lomond. »War es Bliss?«

Es klopfte. Der Wachtmeister kam herein.

»Es ist mir eben berichtet worden, daß ein Mann über die Mauer geklettert ist«, meldete er.

Wembury bewegte sich nicht.

»Wie lange ist das her?«

»Ungefähr fünf Minuten.«

»Haben Sie ihn gesehen?«

»Nein, Sir, es geschah, als ich hier oben war. – Entschuldigen Sie, Sir«, begann Harrap zu stottern, »aber – meine Ablösungszeit ist längst vorbei . . .«

»Schon gut, schon gut«, fuhr ihn Wembury ungeduldig an. »Verschwinden Sie!«

Der Wachtmeister ging. Es blieb still im Zimmer. Jetzt hörte man wieder deutlich ein Geräusch – schleichende Schritte im oberen Zimmer.

»Wembury, das ist keine Katze!«

Alans Nerven waren zum Zerreißen gespannt.

»Lassen Sie mich in Ruhe, Doktor! Ich weiß nicht, was es ist – ich habe genug von dem verdammten Haus . . .«

»Ich auch. Ich gehe nach Hause.« Lomond stand langsam auf. »Der Nachtdienst wird noch mein Tod sein.«

»Trinken Sie etwas, bevor Sie gehen!« Alan schenkte mit zitternder Hand Whisky ein.

Keiner von beiden sah das bärtige Gesicht von Inspektor Bliss am Fenster, und sie hörten nicht, wie der Mann von Scotland Yard geräuschlos hereinkam.

»Wissen Sie, Doktor«, sagte Alan, »ich hasse den Hexer nicht so, wie ich müßte.«

Lomond sah ihn mit erhobenem Glas fragend an.

»Ach, wissen Sie, kein Mensch ist so schlecht oder so gut, wie wir manchmal glauben – mit Ausnahme von Messer natürlich!«

»Ich will Ihnen etwas sagen, Lomond –«, begann Alan langsam, »ich kenne den Hexer ...«

»Sie kennen ihn – wirklich?«

»Ja, ganz genau – und ich bin verdammt froh, daß er Messer getötet hat. Ich kann Ihnen sagen, wer der Hexer ist!«

Bliss beobachtete die beiden hinter dem Vorhang hervor. Er verließ sein Versteck und schlich, den Revolver in der Hand, näher.

»Sie können mir also sagen, wer der Hexer ist?« fragte Dr. Lomond.

Eine Hand streckte sich aus und griff nach Lomonds Hut.

»Sie!« gellte Bliss' Stimme auf. »Endlich habe ich Sie – Henry Arthur Milton!«

Lomond sprang zurück.

»Was, zum Teufel ...«

Er war nicht mehr der grauhaarige Polizeiarzt – ein großer, gutaussehender Mann Mitte Dreißig schälte sich aus der Maske.

Wembury erkannte seine eigene Stimme nicht, als er schrie:

»Hände hoch! Keine Bewegung, oder ...«

»Durchsuchen Sie ihn!« befahl Bliss.

Der Hexer lachte.

»Bliss also! Sie sind der Mann, der behauptete, ich hätte Sie vor drei Jahren zu erstechen versucht!«

»Das ist auch der Fall.«

»Eine Lüge! Ich trage nie ein Messer bei mir. Das wissen Sie ganz genau.«

Grinsend zeigte Bliss die Zähne.

»Ich habe Sie erwischt, Hexer – das ist die Hauptsache! Sie kamen also von Bombay und haben in Port Said einen Kranken gepflegt? Damals in Scotland Yard wurde Ihre Frau vor Schreck ohnmächtig, als sie merkte, daß ich Sie verdächtigte.«

Henry Arthur Milton lachte.

»Sie schmeicheln sich selbst, Bliss, meine Frau war nicht erschrocken, weil sie Sie sah, sondern weil sie mich erkannte!«

»Diese Port-Said-Geschichte war gut – Sie trafen diesen kranken Dr. Lomond, einen heruntergekommenen Mann, der seit Jahren verschwunden war. Er starb, und Sie bemächtigten sich seiner Papiere.«

»Ich habe ihn auch gepflegt – und sogar das Begräbnis bezahlt.«

»Sie waren es, der Lenley aus der Zelle herausließ!«

»Stimmt.«

»Sehr gerissen! Das muß ich Ihnen lassen. Ihre Stelle als Polizeiarzt haben Sie erhalten, weil Sie einen Minister beschwatzten, dessen Bekanntschaft Sie auf dem Schiff machten.«

»Sagen Sie nicht ›beschwatzen‹, das ist ein häßliches Wort! Und außerdem – ich habe vier Jahre Medizin studiert – in Edinburgh . . .«

»Jedenfalls habe ich Sie jetzt!« rief Bliss triumphierend. »Ich beschuldige Sie des vorsätzlichen Mordes an Maurice Messer.«

»Inspektor . . .« begann Wembury, doch Bliss schnitt ihm das Wort ab.

»Diese Sache habe ich in Händen, Wembury! Wenn ich Ihren Rat brauche, werde ich Sie fragen. – Wer ist das?«

Sie hörten Schritte auf der Treppe. Im nächsten Augenblick lag Cora Ann in den Armen ihres Mannes.

»Arthur! Arthur!«

»Zurück, Mrs. Milton!« schrie Bliss.

»Ich habe es dir gesagt – ich habe es dir gesagt, o Arthur!« schluchzte sie.

Bliss versuchte sie wegzureißen.

»Zurück! Haben Sie verstanden?«

»Einen Augenblick, bitte!« Der Hexer wandte sich seiner Frau zu. »Cora Ann, hast du es nicht vergessen? Du hast mir etwas versprochen, erinnerst du dich?«

»Ja – Arthur«, antwortete sie stockend.

Bliss schöpfte Verdacht, er riß die Frau zurück. Ihr bleiches Gesicht schnellte zu ihm herum.

»Sie wollen ihn mitnehmen, ihn einsperren –«, schrie sie wild, »wie ein wildes Tier hinter eiserne Gitter! Wie ein Ungeheuer – nicht wie einen Menschen. Zugrunde richten wollen Sie ihn, sein

Leben zerstören – glauben Sie, daß ich das zulasse? Daß ich hier stehe und zusehe, wie Sie ...«

»Sie können ihn nicht vor dem Galgen retten!«

»Kann ich es nicht? Ich will Ihnen beweisen, daß ich es kann!«

Bliss sah den Revolver zu spät. Bevor er ihn ihr entreißen konnte, krachte der Schuß. Der Hexer brach zusammen.

»Sie Scheusal! – Wembury!«

Alan kam Bliss zu Hilfe und entwand ihr den Revolver. Im gleichen Moment sprang der Hexer zur Tür und schlug sie hinter sich zu.

»Verflucht – er ist fort!« brüllte Bliss und starrte fassungslos auf die Trommel des Revolvers. »Platzpatronen! Ihm nach!«

Wembury rüttelte an der Tür, sie war verschlossen.

»Schlagen Sie die Türfüllung ein! Der Schlüssel steckt auf der anderen Seite.« Bliss drehte sich zu Cora Ann um. »Sie lachen! Das Lachen wird Ihnen noch vergehen!«

Mit einem Krach gab die Tür nach. Wembury rannte hinunter.

»Den Hexer bekommen Sie nicht, Bliss! Er hat Sie dahin gebracht, wo er Sie haben wollte.«

»Das denken Sie!« knirschte Bliss zwischen den Zähnen. Er rief nach dem Wachtmeister.

»Draußen wartet ein Wagen auf ihn«, höhnte Cora Ann, »und eine neue Verkleidung. Zehn Meilen von hier ein Flugzeug ... Er fürchtet sich nicht, im Nebel aufzusteigen!«

»Sie habe ich, meine Dame! Und wo Sie sind, ist auch er zu finden – ich kenne den Hexer! – Wachtmeister!«

Der Polizeibeamte kam herein.

»Ich bin Inspektor Bliss von Scotland Yard. Lassen Sie diese Frau nicht aus den Augen!«

Er lief hinaus. Cora Ann wollte ihm nachstürzen, aber der Beamte hielt sie zurück. Mutlos ließ sie den Kopf sinken – und dann sah sie, wie der Wachtmeister ein Stück Täfelung an einer Wand beiseite schob, wie ein schmaler Gang sichtbar wurde. Und dann fielen Helm und Umhang des Wachtmeisters zu Boden, und die Arme ihres Mannes umschlangen sie.

»Schnell, Cora!« flüsterte er und zeigte nach dem Geheimgang. »Komm Liebste!«

Er küßte sie und schob sie in den Gang. Leise zog er die Täfelung hinter sich zu.

Niemand hat den Hexer wieder gesehen, weder in dieser noch in irgendeiner anderen Nacht.